잡식학툰

고전 빌런

- 냉정과 열정 -

이제 읽을 때도 됐다

고전 is Back!

글·그림
키두니스트

* 열정 편 *

인류 최고 지성들의 마스터피스

이만배　GOLDEN RABBIT

고전 리뷰툰
- 냉정과 열정 -

이제 읽을 때도 됐다

고전 is Back!

글·그림
키두니스트

*
열
정
편
*

인류 최고 지성들의 마스터피스

이만배

GOLDEN RABBIT

안녕하세요,
고전문학 리뷰툰을
그리고 있는
키두니스트입니다!

저의 새 책을
보러 와주셔서
감사합니다!

저는 어릴 때부터 아동용으로
축약된, 혹은 완역된 온갖
세계고전문학을 읽으며
성장했습니다.

그렇습니다.
도저히 인싸가 될래야
될 수 없는 취미입니다!

에드거 앨런 포
좋아하는 사람?

하지만 이 만화를 연재하며
알게 되었습니다.

나 좋아해!

난 무서워서
별로ㅋㅋ

생각보다 책을 좋아하는
사람은 많고, 단지 서로
만날 기회가 부족했다는
사실을요.

이 책을 통해서 독자분들께 다음과 같은 것들을 전달하려 합니다.

온갖 대중적인 컨텐츠들이 고전문학에 얼마나 큰 영향을 받고 있는지

세계 각지의 문학은 어떻게 그곳의 문화를 반영하는지

무엇보다...

문학이란 얼마나 재밌는 것인지.

부디 만화를 통해

제목만 알던 책이
이렇게 재밌는
내용이었다니!

하고 알아주셨으면
좋겠습니다.

그리고...
표지 색깔에서
눈치채셨나요?

이번 책의 주제는
'열정'입니다.

은은한 따뜻함부터
극단적인 광기까지,
고르고 골라
8편의 고전문학을
가져왔습니다!

여름에는 이열치열로,
겨울엔 소중한 온기로
이용할 수 있는 작품들!
지금부터 함께 알아볼까요?

목 차

1

제인에어

나는 그의 손을 잡고 잠시 입맞춤을 한 다음,
내 어깨에 그의 팔을 걸쳤다. 그보다 키가 작은 나는
그의 안내자이자 지팡이가 되었다.

살럿 브론테 저, 조애리 역
을유문화사(2013), 661p

이곳을 벗어나고 싶어요.

제 힘으로 더 넓은 세계를 보고 싶어요.

무엇을 위해 말이오, 제인?

절제할 줄 아는 떳떳한 삶을 위해서요.

그리고...

사랑하는 사람과
가족이 되기 위해서요.

Jane Eyre

행복을 향한 황무지의 여정

- 《제인 에어》 리뷰 -

일대기적 구조의 장점은 명확합니다.

우선, 주인공 한 명의 일생에 집중함으로써 많은 이들의 공감을 살 수 있죠.

설령 가상의 인물일지라도 주인공의 일생에서 어느 한 부분은 자신과 닮은 면이 있기 때문입니다.

앗, 맞아! 나도 어릴 때 괴롭힘 받은 적이 있어!

나도 어릴 때 이상한 아저씨가 마법학교로 데려갔어!

그렇게 이입한 독자들은 주인공이 성장하는 과정을 보며 깊이 감동받게 됩니다.

결말이 배드엔딩일지라도 큰 카타르시스를 느끼고, 해피엔딩이라면 흡사 내 인생이 보상받은 것처럼 대리만족을 느끼게 되죠.

그렇기 때문에 우리는 주위에서 일대기적 구성을 쉽게 찾아볼 수 있습니다.

해리포터

위대한 유산

오늘 리뷰할 작품도 주인공의 일생을 다루고 있습니다. 다소 피폐한 여주인공의 일생이죠.

사실 너무 유명한 작품이라 어릴 때 한 번쯤 읽어 보시지 않았을까 싶습니다만...

브론테 자매의 명작 중 하나! 바로 샬럿 브론테의 《제인 에어》입니다.

그런데 그거 완역 아니었죠? 아니었을 거예요. 원래 어릴 때 세계문학이란, 얇은 축약본으로 읽은 다음

어! 이제 내용 다 알아! 다 읽었어!

하고 넘어가는 게 국룰 아닙니까!

그런데 아닙니다. 절대 아니에요. 축약본으로 읽은 건 그 책을 온전히 읽었다고 말할 수 없어요.

그렇게 읽으신 분들은 자라서 제발 완역본으로 한 번만 더 읽어 보셨으면 좋겠습니다.

완전히 다르다는 걸
알게 될 테니까요.

제가 《제인 에어》를
어릴 때 축약으로 읽고

와! 가볍고 재밌고
해피엔딩에
무난한 책이군!

커서 이 리뷰를 위해
완역으로 다시 읽었을 때
느꼈던 것처럼요.

650페이지였다고?!

축약본은
얼마나 가위질을
해댄 거야?

출판사

《레 미제라블》과
《몽테크리스토 백작》으로
이미 익숙하지
않으신가요?

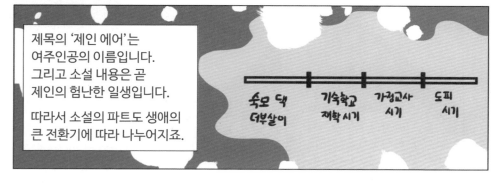

제목의 '제인 에어'는
여주인공의 이름입니다.
그리고 소설 내용은 곧
제인의 험난한 일생입니다.

따라서 소설의 파트도 생애의
큰 전환기에 따라 나누어지죠.

숙모 댁
더부살이

기숙학교
재학 시기

가정교사
시기

도피
시기

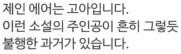

제인 에어는 고아입니다.
이런 소설의 주인공이 흔히 그렇듯
불행한 과거가 있습니다.

부모님은 어릴 때 모두 돌아가셨고
착한 외삼촌이 거두어주었지만...

불쌍한 누이가
남긴 딸이라고! 내가
잘 키워줄 거야!

사람이 픽픽 죽는
19세기 아니랄까봐
외삼촌마저도 곧
사망했습니다.

그래서 지금은 숙모와
사촌들 집에서 눈칫밥을
먹으며 살고 있습니다.

숙모 입장에서 제인은 남편의 고집으로
어쩔 수 없이 떠맡은, 귀염성 없는 꼬맹이
그 이상은 아니었습니다.

게다가 이 시대에는 어린이를 보호해야
한다는 개념 자체가 희미했죠.

그래서 제인은 부유한 저택에서 산다는 점 외에는 그야말로 아동학대로 점철된 일상을 보냅니다.

일상적인 막말은 기본이었고요.

나쁜 사촌이 괴롭힘

외숙모도 괴롭힘

하녀들한테도 무시당함

넌 원래 이 집 사람이 아닌데 호의로 같이 사는 거야! 말을 듣지 않으면 구빈원*에 보내 버릴 거야!

교활하고 영악하고 나쁜 애야! 뭐 저런 애가 다 있지? 예쁜 것도 아니고 붙임성도 없고!

* 스스로를 부양할 수 없는 자들에게 거처와 일자리를 마련하는, 잉글랜드와 웨일즈에 있었던 시설

만약 제인이 생글생글 잘 웃고 애교있는 성격에 예쁜 아이였다면 인생이 한층 수월했을지도 모릅니다.

하지만 제인은 꽤 예민한데다 애교도 없고 예쁘지도 않았죠.

예뻐서 귀여움받는 사촌 조지애나

이런 환경에서 열 살도 안 된 아이더러 애교 떨라고 하는 건 말이 안 되고요. 그냥 외숙모랑 사촌들이 나쁜 거 맞습니다.

객관적으로 보면
제인은 그저 독서를 좋아하는
조숙한 소녀일 뿐이었습니다.

제일 좋아하는 책은
《걸리버 여행기》예요.

뭘 좀 아는구나.
이 책에 퍽 잘 쓴
리뷰가 있는데
읽어보련?

고전
리뷰툰

안 그래도 팍팍하게 살던 제인은,
어느 날 외숙모가 체벌을 빌미로
으스스한 방에 가두자 충격으로
까무러치고...

하도 상처받은 나머지
반쯤 폐인이 됩니다.

이런 집 싫어요.
이런 가족도 싫어요.
난 하녀만도 못해요.

제인을 진찰하러 온 약사 선생님은
심상찮음을 느끼고 제안합니다.

그러면
구빈원이나
다른 집에
가겠니?
가난할지도
모르는데...

가난한 집은 싫어요.

뭔가... 가난하면 착하지도 않을 것 같은? 느낌

말하는 거 보소.

그럼 학교에 가고 싶니?

학교에 가면 그림도 배우고 프랑스어도 배우면서 숙녀로 자라는 걸까?

예. 학교는 좋아요...?

그것이 제인의 형편이 변한 계기였습니다.

거 어차피 귀찮으신 것 같은데 기숙학교에 보내시죠.

공부하고 싶대요. 학비가 저렴한 학교도 있거든요.

걔를 치울 수 있다는 거지? 좋아!

숙모는 대번에 승낙하고
이사장을 불러 제인을 보게 합니다.
이때 대화가 뭔가 찰집니다.

사실 이 시점부터
제인이 가게 될 학교가
영 별로라는 복선은 나왔죠.

성경 자주 읽니?

종종요.

재밌니?

출애굽기는
재밌어요.

시편도
재밌어했으면
좋겠구나.

시편
재미없어요.

넌 나쁜 애야.

걱정 마세요, 부인.
우리 학교는 학생들에게
기독교인의 검소함을
교육합니다.

어머 쟤한테
딱이네요 호호

모든 학생은 의무적으로
머리를 땋아야 하고 조금도
꾸미지 못한답니다!
식사도 엄청 소박하고요.

다 들리지만
참겠어요.

뭐가 됐든
숙모랑 사는
것보다
낫거든요.

어린애답지 않은
핵직구 발언에
너무 놀란 외숙모는...

대충 제인을 무시해버리고
피차 바라는 대로 얼른
학교에 보내버립니다.

열 살짜리 애를
저 먼 길로
혼자 보내?

앞으로도 제인의 일생에는
수많은 고행이 남아있었습니다.

엉망인 환경에서 살아남아야 했고,
뼈아픈 모욕을 거쳐야 했고,
소중한 친구도 잃어야 했습니다.

해리포터로 치면 해리가
호그와트가 아닌 이상한
불량학교로 팔려 가는 것이나
마찬가지였죠.

거 인생 참...

후...

야! 잠깐, 할 말 더 없어?

암만 내가 19세기 흙수저라도 그렇지, 그쯤 고생하면 인생에 볕들 날 와야 하는 거 아니냐고?

음...

아! 참고 견디면, 이다음에 음울한 흑발의 미중년과 그리스 조각상 같은 금발 미남에게 두루 사랑받을 겁니다.

갑자기 여성향 웹소설이 됐어?

싫진 않다만

줄거리 요약은 이쯤에서 끊고! 나머지 내용은 특징과 함께 짤막하게 이야기하겠습니다.

요약을 저따구로 하냐.

아, 그쪽이 내가 후견하는 아이를 가르치러 온 교사요?

그럼 그쪽이 저택 주인인 로체스터 씨?

그런 학교에서 버텼다니 보통 인물은 아니군.

뭔가 가끔 수상한 구석이 있지만 좋은 분이야. 같이 있으면 행복해.

왜 그렇게 보오? 내가 잘생겼소?

아뇨.

솔직하긴.

제인, 당신만 좋다면 나와 결혼해주시오.

호화 결혼식은 물론이고 평생 행복하게 해주겠소.

좋아요! 호화로운 건 필요 없어요. 로체스터 씨...

...

왜 그러지?

아무래도 내가 이렇게 이른 나이에 결혼해서 안정 찾고 행복하게 살진 못할 것 같아.

분명 이 사람이랑 난 쉽게 이어지지 못할 거고 피차 앞으로 400페이지쯤 더 구를 거야.

제인?

이 책은 곧 제인의 일생입니다.

작은 인간 하나가 황무지를 건너듯 실컷 고생한 끝에 가까스로 행복을 찾는 과정이죠.

제인에게 있어서
행복은 곧 가족입니다.

사실 나는
기회가 많았어.
공부를 좋아했고
가르치는 걸
잘했기 때문에
학교 교사로
살아갈 수도 있었어.

너무
구식이라고?

하지만 가족다운
가족 없이 살아온
내게 가장 절실한 건...
정다운 친척과
좋은 배우자야.

몇 만 파운드가
유산으로
떨어져도
달갑지 않아.

지금껏
배우며 살아온 이유는
이 공허를 채워줄
좋은 사람들을
만나기 위해서야.

그리고 나 자신을 절제하고, 한 사람으로서 떳떳하게 살아가기 위해서야.

배경이 배경이다 보니 기독교적 색채가 짙게 배어 있고요. 제인의 사고방식 또한 엄격하고 대쪽 같은 퀘이커 교도에 가깝습니다.

주님, 이 역경을 극복할 힘을 제게 주시고...

《제인 에어》는 큰 틀에서 볼 때 대단히 고전적인 스토리입니다.

그런 사고방식으로 자신에게 다가오는 불행을 고행하듯 마주하죠.

그러나 그 정서는 너무도 인간적이고 오늘날에도 공감되는 것들입니다.

그리고 얼핏 케케묵은 고전적 틀 속에 흥미진진한 복선과 다채로운 인물들이 가득 차 있습니다.

읽을 땐 스토리에 정신없이 집중했지만

다 읽고 되짚어보면 이 책의 진정한 매력은 캐릭터성에 있지 않나 싶어요.

특징 2. 개성 넘치고 깊은 캐릭터성

《제인 에어》는 일대기인 만큼 성장물 성격이 짙습니다.

그래서인지 주요 인물들은 과거와 현재가 대비됩니다. 즉 일생에 굴곡이 있으며 캐릭터성은 더욱 깊어집니다.

예를 들어, 제인은 어릴 때 감정에 휘둘리곤 했습니다. 충동적이기도 했습니다.

환경 탓이 컸지만 어쨌든 이대로 자랐다면 만성 분노조절장애 환자가 됐을 겁니다.

하지만 기숙학교에서 수상할 정도로 초췌한 친구, 헬렌을 만나고

인생은 짧아, 제인. 우리는 적대감을 키우거나 부당한 대접을 일일이 기억할 만큼 여유있는 존재가 아니란다.

그걸 기억하면 우리는 죄는 미워하되 죄인을 용서할 수 있어. 그리고 최후의 심판을 기다리며 평온하게 살 수 있지.

헬렌, 13살이 할 말이 아냐...

엄격한 교육 속에 학구열을 불태우며

화가 뺨치게 그림을 그릴 수 있고 프랑스어 프리토킹 가능합니다! 피아노 연주도 할 수 있어요!

활활 타는 성질은
내면의 단호함으로 변화합니다.

성인이 된 시점의 제인은
겉으로는 퀘이커 교도처럼
검소하고 금욕적인 가운데
속으로는 더없이
열정적인 여자입니다.
여기에 강철 같은
멘탈까지 겸비했죠.

기숙학교가 사람을
이렇게 만듭니다, 여러분.
역시 사람은 학교에
가야 하는 겁니다!
세상에 이만한
교육권장소설이 없어요!

저 이거 읽고
감명받은 나머지
심즈에서 키우던 애들을
죄다 기숙학교에
넣어버렸잖아요, 젠장!!

초반부
개차반이던 학교는
벌써 잊었어...?

어쨌든 읽다 보면 제인 특유의
조용하면서도 자신과 타인 모두에게
엄격한 성격이 드러납니다.

이게 굉장히 매력적이에요. 솔직히 그동안 본 여주인공 가운데 이만큼 잘 조형된 캐릭터는 없었던 것 같습니다.

내가 힘든 일을 도맡는 이유는 조금 있으면 너를 더 볼 일이 없기 때문이야.

만약 앞으로도 너와 함께할 예정이었다면 네가 지금처럼 방만하게 살도록 두지는 않았을 거야.

너무 열을 내면 빨리 식는답니다, 로체스터 씨.

오버하지 마시고 저를 적당히, 오래 사랑해주세요.

내가 요구한 내용을 전부 따라오는 학생은 당신이 처음이오, 제인. 최고야. 청혼하고 싶군. 자, 더 공부해볼까?

티만 안 냈지 지금도 죽을 것 같은데 더 한다고?

성인이 된 제인은 우리가 인생을 살아갈 때 새겨야 할 중요한 교훈을 실천합니다.

검소함과 진실함, 성실성이 그것이죠.

독자는 그녀를 통해 어디까지가 필요한 것이고 어디부터가 허영인지 깨닫게 됩니다.

그런데 원작에서 제인은 못생겼다고 자꾸 강조되는데 왜 이리 예쁘게 그리셨죠? 사심임?

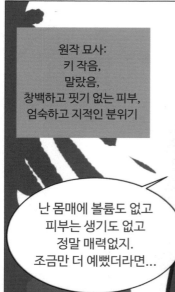

원작 묘사: 키 작음, 말랐음, 창백하고 핏기 없는 피부, 엄숙하고 지적인 분위기

난 몸매에 볼륨도 없고 피부는 생기도 없고 정말 매력없지. 조금만 더 예뻤더라면...

1840년대 기준 못생긴 거지, 지금 보면 기만 그 자체야

032

메인 남주인공 로체스터 역시
매력적인 캐릭터입니다.

제인이 학교를 벗어나
처음 가정교사로 간 저택의
주인으로 처음 등장하죠.

그런데 제인이 가르치는
꼬맹이와의 관계가
왠지 불분명합니다.

아버님...은
아니시죠?

아동용 축약본에서 이 부분을
뭉뚱그렸던 것 같은데...

커서 완역을 읽으니
왜 그랬는지
알 것 같았습니다.

나는 한때
프랑스의
오페라 댄서와
사귀었었소.

알고 보니 그녀는
내가 선물한 마차에서
딴 놈팽이랑 바람피우며
내 욕을 하고 있었지.
당연히 대면해서 싸우고
끝냈다오.

어쨌든 로체스터가 처음부터
이렇게 산 건 아닙니다.
그는 젊은 시절 큰 불행을 겪었습니다.
이후에는 세계를 여행하며 방황했죠.

무슨 불행인지는
스포일러라서 말 못한다.

아무튼 나도 가족다운
가족이 절실하다.

때마침 저택에
스무 살 연하의
가정교사가 와서
좋으시겠어요ㅎㅎ

인생이 험난해서 그런지
변덕스럽고 심술궂은 면이 있습니다.
그래도 진짜 좋아하면 스윗해집니다.
말하자면...

《오만과 편견》에 나온
다아시가 험한 일 겪어서 삐뚤어졌는데,
그렇다고 《폭풍의 언덕》에 나온
히스클리프 수준으로
삐뚤어지지는 않았다고
보시면 됩니다.

미안, 이렇게밖에
표현을 못 해서.

하지만 약혼 상대한테 사기를 치는데요?

아니, 뭐...
고전을 읽다 보면 별별 전개가 다 나오는데 사기 정도야...

원작에서 로체스터도 못생겼다고 자꾸 강조되는데 왜 이리 잘생기게 그리셨죠? 이것도 사심임?

원작 묘사:
음울한 검은 눈썹,
가슴이 넓음,
운동선수 같은 몸매,
야성적인 분위기

잘생겼다고 거짓말하는 것보단 그냥 솔직하게 말해주는 게 기쁘다오.

이건 시대상이고 뭐고 그냥 기만이야.

이것들이 쌍으로 기만질이여.

어쨌든 피차 불행한 과거를 딛고
가족을 갈망해서일까요?
제인과 로체스터의
케미는 역대급입니다.

특히 후반부는 감동의 물결이죠.

그 외에도 많은 인물들이
존재감을 쾅쾅 찍어주며 지나갑니다.

기숙학교의 가혹하고 위선적인 이사장,
그와 대비되는 우아한 선생님은
초반부의 악역과 선역을 담당합니다.

저는 고전문학 속 가족의 가치를
《제인 에어》만큼 잘 보여준 작품이
없다고 생각합니다.

제인은 헬렌처럼
성녀 같은 친구도 만나지만

그냥 재밌기만 하고 성장에 도움 안 되는
친구는 물론, 하급생을 괴롭히는
질 나쁜 선배들도 골고루 만나게 됩니다.

가정교사가 된 후에는
사치스럽고 얄팍한
상류층 여식들도 접합니다.

호호!
저 촌스럽고
깐깐해 보이는
여자는 뭐죠?

로체스터의 과거를 아는
중요한 인물들은 말할 것도 없죠.

심지어

외숙모가
위독하다고요?

휴가 좀 낼게요,
로체스터 씨.

원수처럼 지내던 외숙모가
죽어간다는 소식에
대뜸 달려가기도 합니다.

빨리 와야 하오!
당신을 며칠이나
못 보긴 싫소!
돈은 있소?
한 100파운드
가불해줄까?

오버하지
마세요, 제발.

사실 세월이 흐르면서
외숙모에 대한 분노도
희미해졌으니까요.

다신
안 만날 것처럼
헤어졌는데
뻘쭘하다...

아, 어릴 때 못살게 군
외숙모랑 결국 좋게좋게
마무리하는 건가요?
고구마네, 이거.

어...

이미 외숙모가 악행의 대가를
꽤 톡톡히 치렀기 때문에
오히려 사이다에 가깝습니다.

아들이 재산을
마구 탕진해서
집안이 망하게 생겼어.
딸들은 나에게 신경조차
쓰지 않고 간호사도
날 방치하고...

마음고생을 너무 해서
겨우 마흔 언저리인데
죽어가...

외숙모의 마지막을
지켜보며 제인은...

어쩌다 내가
간호를 전담하게
된 거지?

어릴 땐 별 교류가 없던
사촌 누이들과 친해집니다.

네가 예쁘다고
항상 사랑받던
조지애나구나.

어릴 때 외모를
너무 칭찬하면
아이가 외모에만
목숨을 거는데
조지애나는 그
전형이었습니다.

착잡한 집안 사정도,
아픈 어머니도
그녀의 안중에는
없었습니다.

내가 어떤 남자랑
사귀었는지 들어봐,
제인...

관심있는 건 오로지
파티와 외모 치장,
그리고 연애뿐이었죠.

뭐어~?
짐 싸고 일해야 해?
귀찮아, 하기 싫어~

그럼 언니는 일라이자겠네요, 맞죠?

일라이자는 조지애나와 반대로 강박적이고 딱딱한 여성이 되었습니다.

이 시간엔 텃밭 가꾸고 그다음에는 책 읽고 가계부 쓰고...

제인, 내 스케줄대로 움직일 수 있게 집안일 좀 도와주렴.

자매가 극단적으로 다르니 항상 싸우기 일쑤였죠.

조지애나! 너는 골이 텅텅 빈 데다 할 일을 전부 남한테 미루고 빈둥대기만 해!

언니는 냉혈한이야! 공감능력은 눈곱만큼도 없어!

나는 어쩌다가
돌아와서

둘 사이에 이러고
껴 있는 거지

사실 이 사촌
자매들 이야기는
메인 스토리와
별 관계가 없습니다.
그냥 곁다리
이야기예요.

그래서 축약본에서는
보통 생략하죠.

하지만 재밌지 않나요?
주변에 있을 법하고
잔재미가 넘치지 않습니까?

저는 이런 '쓸데없는' 부분이 완역본의 진정한 묘미라고 생각합니다.

세세하고도 맛깔나는 설정이 작가의 진정한 역량을 알게 해주죠.
특히 인물의 묘사는 완역으로 봐야 진가를 느낄 수 있습니다.

이걸 말씀드리려고
길게 끌었습니다.

아셨죠, 여러분?
고전문학은 무조건
완역으로!

이제
마지막 특징으로
가겠습니다!

특징 3. 경건한 피폐함

이미 짐작하셨을 텐데요.
《제인 에어》는 딱히 밝은
작품이 아닙니다.

시작부터 피폐한데다
고딕적인 요소도 많아요.

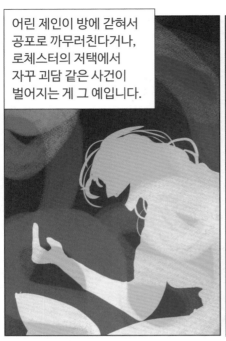

어린 제인이 방에 갇혀서 공포로 까무러친다거나, 로체스터의 저택에서 자꾸 괴담 같은 사건이 벌어지는 게 그 예입니다.

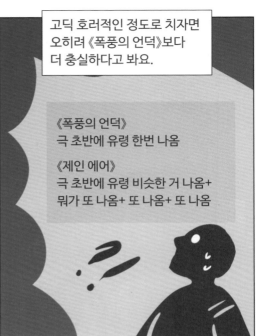

고딕 호러적인 정도로 치자면 오히려 《폭풍의 언덕》보다 더 충실하다고 봐요.

《폭풍의 언덕》
극 초반에 유령 한번 나옴

《제인 에어》
극 초반에 유령 비슷한 거 나옴+ 뭐가 또 나옴+ 또 나옴+ 또 나옴

물론! 제가 여기서 호러라고 했다고 진짜로 무서운 걸 기대하시면 안 됩니다.

19세기 작품이란 걸 기억해주세요.

2020년대를 살아가는 우리는 붉은 방의 유령 같은 거 하나도 안 무섭잖아요?

꺄아악, 엄청 무서워!

03년생

미안.

하지만 단지 무섭지 않을 뿐 분위기는 상당합니다.
이건 작가의 삶의 경험에서 우러나온 분위기입니다.

샬럿 브론테의 가족은 영국 안에서도 황량한 요크셔, 요크셔 안에서도 시골인 호워스에서 일생을 살았습니다.

문학 성지순례를 하려다가도 욕하면서 그만둘 것 같은 위치에 이들의 고향이 있습니다.

버스랑 기차 노선이 있긴 하군...

진짜로 찾아봤다.

바로 그런 시골에서 작가가 경험한 피폐한 환경을 독자도 간접 경험할 수 있습니다.

다정한 친구와의 아기자기한 기싸움? 그런 건 없습니다!

여기선 그냥 멘탈 챙기며 살아남는 게 우선입니다.

독서하는 내내 황량하면서도 아른아른 불타는 분위기가 이어집니다.

그렇다고 아예
막장으로 닫거나
파멸하지는 않습니다.

굳은 심지와 도덕성이
바로 그것입니다.
《제인 에어》가
귀한 작품인 이유가
여기에 있습니다.

비록 메마른 인생이지만...

그 속에는 우리가 망가지지
않게끔 잡아주는 기둥이 존재하니까요.

마냥 피폐한 작품은 많습니다.
하지만 피폐한 가운데
경건한 기둥을 붙잡고
처절하게 브레이크를 밟는
작품은 흔치 않습니다.

마무리가 도덕교과서 같지만 어쨌든-

고전이 재미없다는 편견을 앞장서서 깨버리는, 브론테 자매의 소설 중 하나였습니다.

추천!

제인, 우리를 보러 오려는 사람이 있거든,
밀월 기간이 끝날 때까지
기다리지 말라고 전해주오.
그러면 한없이 기다려야 할 테니 말이오.

우리의 밀월 기간은 일생이 될 거요.
밀월의 빛은 당신이나 나의
무덤 위에서만 흐려질 거요.

-로체스터의 대사 중에서

《제인 에어》리뷰- 끝

Jane Eyre

1847년 초판 커버
샬럿 브론테(Charlotte Brontë), 약 500페이지
스미스, 엘더(Smith, Elder & Co.) 영국 런던 출간

고아 소녀 제인 에어가 힘든 유년기를 거쳐 가정교사로 일하게 되면서,
고용주 로체스터와 사랑에 빠진다.
그러나 로체스터의 어두운 비밀이 밝혀지며 갈등이 발생한다.

출간 당시 샬럿 브론테는 여성 작가에 대한 편견을 피하기 위해 커러 벨Currer Bell이라는 남성 필명을 사용했다. 커러 벨은 브론테 자매들이 함께 사용했던 필명 중 하나였다. 이후 성별이 밝혀지며 문단에서 큰 화제가 되었고, 이는 여성 작가들이 인정을 받는 계기가 되었다.

브론테의 삶에는 비극적인 요소가 많다. 여섯 남매 중 셋째로 태어났지만 두 언니가 요절하는 바람에 맏이 역할을 했다. 자매인 에밀리와 앤 역시 작가로서 잠재력을 보였는데, 이들마저 요절해 브론테는 큰 슬픔을 겪었다. 특히 에밀리의 죽음 후 한동안 집필을 멈추고 깊은 상실에 빠졌다고 전해진다.

샬럿 브론테는 결혼한 지 1년이 채 지나지 않아 임신 중 합병증으로 사망했다. 남편 아서 벨 니콜스는 샬럿을 깊이 애도하며 평생을 독신으로 살았다. 작가의 삶은 짧았지만 작품은 오랜 세월 동안 많은 독자들에게 사랑받고 있다.

키두니스트의 작업 코멘트

*

《제인 에어》는 절제, 검소, 포용, 사랑의 키워드까지 품은, 일종의 '고전의 모범'이라 볼 수 있습니다. 테마 컬러로는 붉은색을 선택했습니다. 주인공 제인이 불 속성인데다 내용까지 격정적이기 때문이죠. 웹툰 연재를 시작하며 아주 초기에 그렸던 리뷰였던지라 이번에 그림을 상당 부분 다시 그렸습니다. 웹툰 버전을 보신 독자들은 부디 이 그림으로 기억을 덮어써 주시길!

2

드라큘라

단 한 가지 위안은 우리가 하느님의 손에 있다는 것이다.
그 한 가지 믿음이 있으므로 살기보다 죽기가,
그래서 이 모든 괴로움으로부터 떠나기가 더 쉬울 것이다.

브램 스토커 저, 이세욱 역
열린책들(2009), 603p

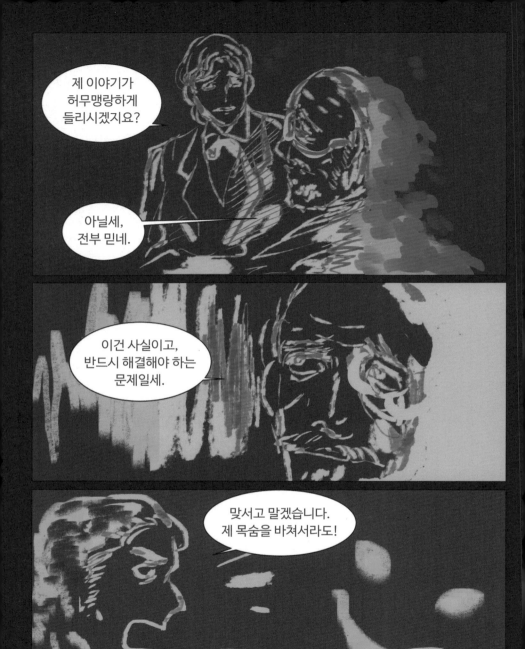

이성과 신심은
이런 때마저도 쓸모가
있을 것입니다.

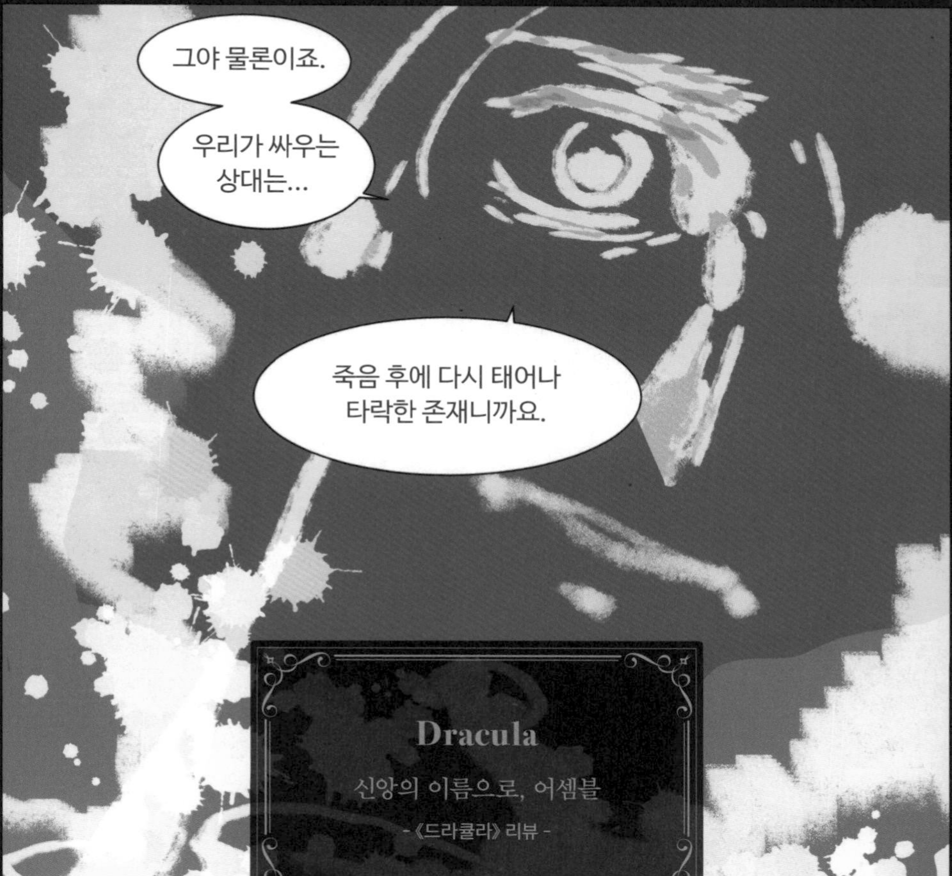

그야 물론이죠.

우리가 싸우는
상대는...

죽음 후에 다시 태어나
타락한 존재니까요.

Dracula

신앙의 이름으로, 어셈블

- 《드라큘라》 리뷰 -

제목이 엄청나게 유명하면서도 원작은 아무도 안 읽는 작품은 무엇이 있을까요?

원작 잘 읽히는 고전이 있긴 해요?

팩트 아파.

제 생각에 인지도가 최상인데도 원작이 안 읽히는 작품 투탑은 이들입니다.

《프랑켄슈타인》, 그리고 《드라큘라》

《프랑켄슈타인》은 SF 편에서 리뷰했으니-

오늘은 《드라큘라》를 펼쳐보겠습니다!

우리는 모두 피가 흐르는 존재입니다. 피는 그 자체로 귀중하지만 동시에 으스스하게 취급됩니다.

가축의 피든 사람의 피든 혈액은 곧 생명력입니다. 흘렸을 때 치명적인 것이죠.

헌데 성스럽지 못한
어떤 존재가 그 소중한 피를
흡수한다면 어떨까요?

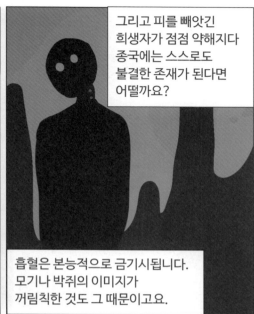

그리고 피를 빼앗긴
희생자가 점점 약해지다
종국에는 스스로도
불결한 존재가 된다면
어떨까요?

흡혈은 본능적으로 금기시됩니다.
모기나 박쥐의 이미지가
꺼림칙한 것도 그 때문이고요.

추파카프라

에르제베트
바토리

스트리고이

톨스토이의 흡혈귀

사실 흡혈귀 자체로 보자면
그리 창의적인 소재는 아닙니다.
이전부터 창작물도 많았고
여러 문화권에 전설도 많았어요.

하지만 오늘날 흡혈귀 하면
떠오르는 이미지는 대부분
드라큘라 백작에게서 나왔을 겁니다.

창백한 피부!
호리호리한 몸!

뾰족한 이빨!
피를 빨면
전염되고!

마늘, 햇빛에
약해!

《드라큘라》가 쓰여진 때는
빅토리아 시대입니다.

신성한 기독교 신앙!
이성!! 과학!
우리가 최고다 이거야!

바로 그 시기, 기독교와
토속 신앙이 섞여
독특한 문화를 형성한
루마니아 지역이 배경이 되죠.

이 동네 사람들은
몰랐을 겁니다.
150년 가까이
흡혈귀가 루마니아의
대표 이미지가 될 줄은요.

사람들이
루마니아는 몰라도
드라큘라는 알더라...

심지어 우리가 쓴
소설도 아냐.

대충
영국 탓이라고 하면
실제로 그렇다.

아일랜드에서 태어난 작가,
브램 스토커도 몰랐을 겁니다.

공포, 환상 문학은
너무 매력적이야!
잔뜩 써보자!

1842~
1912

150년 가까이
자기 작품의 명성에
눌려버릴 줄은요.

사람들이
드라큘라는 알아도
내 이름은 모르더라...

살아서는
명배우 매니저로 일하다
배우에게 먹히고,
죽어서는 드라큘라에게
먹혀버렸어...

그럼 결국
이득 본 건 누구냐?

드라큘라
백작뿐이잖아!

뭐 이런 안쓰러운
트리비아가 있습니다.

다만 브램 스토커가 드라큘라 백작을 처음부터 다 만들어낸 건 아니에요.

모티브가 된 루마니아의 귀족이 있습니다.

내가 오스만 제국과 맞서 싸웠다!

15세기에 살았던 블라드 3세 드러쿨레아가 장본인이죠.

가혹한 시대에 평생을 싸우다 간 사람이고, 지금도 루마니아에서는 영웅으로 인정받습니다.

그러나 그는 엄격하고 잔혹한 통치로 유명했죠.

적군은 꼬챙이에 꿰어 죽이고, 맘에 안 드는 귀족은 말뚝에 박아 죽이고

범죄자 또한 있는 대로 고통스럽게 죽여라.

그래서 별명이 '가시'라는 뜻의 '체페슈'입니다.

이었는 오블에 오너스도로 그런 탓에
전 세계 사람들에게는
흡혈귀 이미지로 더 알려졌죠.
억울한 면이 많습니다.

내가 사람을
꿰긴 했어도
피를 빨진
않았는데?

그러게 말입니다.

그러니까 요약하면

나는
남의 나라 영웅을
피 빠는 괴물 귀족으로
소설 속에서
재탄생시켰다.

댁은 저승 가서
체페슈 경에게
몇 번 꿰여도
"야, 올 게 왔구나!"
해야 돼.

그렇군요.
그럴 수 있죠.
존중합니다.

말칸 바뀌지 않았냐?

어쨌든
만화의 요점은 루마니아
역사 여행이 아니라
독서 리뷰이므로!

슬슬 줄거리 소개로
넘어가겠습니다.

책을 펴면 한 변호사 서기가 등장합니다.

우와-

이름은 조너선 하커.

변호사 자격을 딴지 얼마 안 된 젊은이로, 고향에 예쁜 약혼녀가 있습니다.

벌써 영국에서 너무 멀리 왔어. 미나가 보고 싶다.

여기 음식 레시피를 알아가면 요리해 주려나?

그대로 살면 별 문제없는 인생이었겠지만

그는 지금 19세기 사람치고 굉장히 먼 여행을 하고 있습니다.

트란실바니아는 정말 이상한 곳이야.

사람들은 신기한 옷을 입고, 튀르크족과 뒤섞여 살고 있어. 그리고 괴상한 믿음 속에 살아가지.

'트란실바니아'는 현재 루마니아의 중서부 지역을 말합니다.

나는 카르파티아 산맥의 한가운데로 가야 한다.

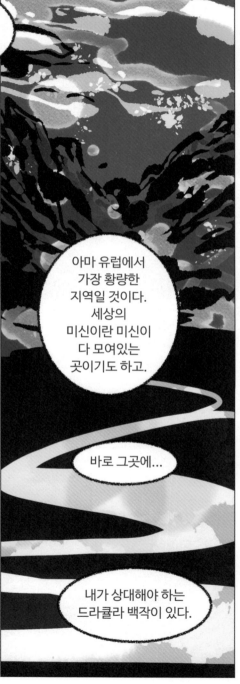

아마 유럽에서 가장 황량한 지역일 것이다. 세상의 미신이란 미신이 다 모여있는 곳이기도 하고.

바로 그곳에...

내가 상대해야 하는 드라큘라 백작이 있다.

그렇습니다. 조너선은
그냥 여행을 하는 게 아닙니다.

딱히 황량한
영지로 여행하는
취미는 없다고!

나는 지금 먼 출장을
가는 것이다.
아버지 같은 상사,
피터 호킨스 씨를
대신해서.

드라큘라 백작은 트란실바니아의
오래된 귀족 가문 후손이다.
그는 얼마 전 런던의 부동산에
관심을 보였다.

크고 오래되고
인적이 드문 저택을
사고 싶다는 것이었다.

나는 그가 원하는
저택 매물을 발견했고—

여긴 어떠신가요?

인근에 정신병원이
하나 있긴 한데요,
어차피 잘 보이지
않습니다.

필요한 서류를 준비했다.
그리고 그를 직접 만나
설명하고자 먼 길을 나섰다.

어쩌면 나는 상상 이상으로
괴상한 모험에 발을
들여놓은 게 아닐까?

가지 마세요!

네?

드라큘라 백작에게 가는 날,
여관 주인은 나를 말렸다.

당신이
아들 같아서 그래요.
지금 가려는 곳이
어떤 곳인지 알아요?

게다가 오늘은 성 조지 축일 전날이라 악령들이 풀려나는 밤이라고요!

그, 그치만 꼭 가야 하는데요.

정 간다면 십자가 목걸이를 둘러 드릴게요.

이런 거 성공회 기준으로 미신이긴 한데...

영국인 양반! 이것도 가져가쇼!

이것도!

우와앗! 어느새 온 동네 사람 다 몰려왔네!

얼떨결에 미신적인 선물을 한가득 받아들고 마차에 탔다.

정말 괜한 길을 가는 걸까?

과연 살아서 미나를 다시 볼 수 있을까?

실제로 조너선은 첫날부터 기이한 경험에 시달립니다.

백작이 보낸 마부는 모자를 푹 눌러쓴 수상한 인물이었으며

밤이 되자 정체모를 푸른 불꽃이 흩날리는 가운데 이따금 자리를 비웁니다.

꺄아악 이런 곳에 손님 혼자 두지 마

마음 여린 19세기 사람답게 조너선은 엄청 무서워하죠.

겨우겨우 도착한 영지에는 견고한 고딕풍 성이 자리잡고 있었으며–

긴장한 조너선을 드라큘라 백작이 손수 나와 맞이합니다.

어서 오시오, 고생하셨소.

빛나는 눈에 창백하고 호리호리한 인상. 말끔히 정리한 하얀 콧수염. 그리고...

두드러지게 뾰족한 이빨.

밤이라 하인들을 깨울 수가 없구려. 식사는 준비되었으니 어서 들고 쉬시오.

감사합니다...?

일단 친절해 보이네...

내가 영어를 책으로 익혔기 때문에 영국인이 듣기에 어설플 수 있소.

아! 아뇨. 정말 유창하신데요.

고맙소. 하지만 나는 런던에 가서 살 거라 말투가 외지인처럼 들려서는 안 되겠지.

영국인인 당신이 옆에 있으면 실력 향상에도 도움이 될 것 같소.

당신이 봐둔 저택은 정말 마음에 드오. 묘지가 있는 예배당이 붙어있어 더 좋고.

집이란 게 좀 오래돼야 살 맛이 나는 거지, 안 그렇소?

상사를 대신해 온 것이니 성심성의껏 돕겠습니다.

첫 대화는 꽤나 훈훈하게 흘러갑니다.

누가 들으면 무척 지적이고 멀쩡한 사람인 줄 알겠지만...

조녀선은 며칠 지나지 않아 성도 백작도 싫어집니다.

젠장...

어째선지 생활패턴이 바뀌어서 맨날 캄캄한 풍경만 보네.

성은 엄청 넓지만 가만 보면 바깥으로 통하는 문이 잠겨 있잖아. 이러면 난 사실상 갇힌 셈이야.

성 안에 거울이 하나도 없어서 면도하기도 불편해.

거울이 왜 없는 거야? 백작이 거울에 안 비치기라도 하나?

그러고보니 백작은 예의 바른 듯하지만 은근한 위압감을 풍기고 있어.

한 달 정도 성에 더 묵으며 날 도와주면 좋겠소.

...한 달이나요?

띠껍게 반응하는군. 내 대접이 부족했나 보오?

더 머물면서 법적인 문제도 논의하고, 영국에 대해서도 알려주시오.

난 영국을 배우며 그곳을 사랑하게 됐소. 이주하기 전에 많은 걸 알고 싶소.

다른 사람과도 대화하면 그나마 낫겠지만, 난 지금껏 하인 한 명 본 적이 없다.

첫날에는 변명을 했지만 이제는 명백하다.

이 성에 사는 건 백작 하나뿐인 것이다.

자신의 가문에 긍지를 가지고...

트란실바니아의 귀족들은 죽은 뒤 평범한 곳에 묻히는 걸 좋아하지 않소.

조상의 일마저 자기가 한 것마냥 실감나게 이야기하는 백작.

그때 나의 조상은 튀르크와 어떻게 싸웠는데─

그리고 이건 사소한 것일지도 모르지만...

나는 여지껏 백작이 뭘 먹는 걸 본 적이 없다.

대체 백작의 정체는 뭘까?

당신 상사에게 편지를 쓰시오. 내가 보는 앞에서.

나의 친구 조너선 하커.

당신이 나 몰래 다른 편지를 보내진 않을 거라 믿소.

나는 여기서 살아나갈 수 있는 걸까?

조너선이 스릴러물 찍기 3초 전 상황에 있는 동안

약혼녀 미나는 영국에서 평온히 지냅니다.

내 친구 루시, 잘 지내고 있니?

요즘 들어 조너선이 소식을 전해주지 않아서 걱정돼.

위험한 곳에 간 건 아니겠지?

미나, 너무 마음 쓰지 마.

나는... 잘 지내고 있긴 한데 정말 큰일이 있었어.

최근, 세 명한테 동시에 프로포즈를 받았거든.

그분들이 왜 내게
빠졌는지 모르겠는데...

루시 양

첫 번째 분은
정신병원을 운영하는
잭 수어드 박사님이야.

정말 냉철하고 지적인
신사야.

환자들을 관찰하는 건
늘 흥미롭답니다.
당신을 보는 것도요.

안타깝게도 난 거절해야 했지만.

두 번째 분은
퀸시 모리스 씨야.

낭만적인 미국인이셔.
따뜻하고 좋은 분이지.

루시 양 같은
고귀한 분을
아내로
맞이하고
싶군요!

물론 난 이분도 거절했어.

그리고 내가 오래 전부터 좋아하던
아서가 청혼하자 겨우 받아들였지.

난 지금 정말 행복해.
우리 둘 다 결혼이
머지않았구나, 미나.

고성에 갇힌 공포물 찍다가
왜 갑자기 《오만과 편견》 같은
러브스토리가 나오죠?

대체 이게 어떻게
연결되는 거예요?

와!
정말 잘됐어, 루시!

아니 잠깐만!

후후

뭐 그야...

행복은 깨기 위해
있는 법이죠.

이런 미친

줄거리 파트를
길게 얘기했지만
사실 많이 생략한
겁니다.

나머지 줄거리는
특징에서 같이
보겠습니다!

특징 1. 놀라운 무대 전환

줄거리 앞부분을 다시 보시죠.
영국에서 온 조녀선이
고딕식 성채에 갇혔습니다.

그 안은 수상한 게
한두 가지가 아니죠.
일반적인 공포물이면 이게
플롯의 끝입니다.

조녀선이 어떻게 사건을 파헤치고
성채를 빠져나가느냐가 갈등의
전부겠죠.

실제로 조녀선이 온갖 위기를 겪으며 탈출을 도모하는 건 맞습니다.

꺄아악! 백작 말고도
성 안에 위험한 거
투성이였다니!

백작이 내 옷을 입고
성을 내려가고 있어!
게다가 남의 피를 빠는 것
같아!

살려면 탈출해야 해! 영국으로 돌아가야 해!

하지만 그렇게 해서 대충 조너선 이야기가 마무리가 된다 싶을 때-

소설은 전체의 4분의 1쯤 진행됐습니다.

뭐예요, 미친 ...

왜 이리 많이 남았어요?

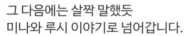

그 다음에는 살짝 말했듯 미나와 루시 이야기로 넘어갑니다.

조너선한테서 소식이 안 와...

약혼했다!

배경은 영국으로 바뀌고, 이 둘, 그리고 루시에게 청혼한 남자들이 주역이 됩니다. 배경도 주연들도 완전히 바뀌는 거죠.

정말 독특한 겁니다. 저는 이런 식으로 전개되는 고전 작품은 처음 봤습니다.

과장 좀 보태면, 《진격의 거인》 1부와 2부의 차이쯤 됩니다!

좀 더 알기 쉬운 예를 들어주세요.

이렇게 되는 이유는 이미 초반부에 나왔습니다.

나는 런던에 살고 싶어서 말이오.

백작은 영국으로 오고 싶어 한다...

이렇게 위험하고 수상한 백작이 트란실바니아를 벗어나 대도시로 온다니?

공포영화의 속편 같은 복선이 이미 마련된 겁니다.

그러므로 이제 위기는 조녀선의 약혼녀 미나와 친구 루시에게 닥칩니다.

특징 2.
탈고전급 멀티플레이

보시다시피 이 소설 내용은 싱글플레이가 아니라 멀티플레이입니다.

루시의 약혼자 아서와, 구혼자였던 수어드 박사, 모리스 역시 위기에서 자유롭지 못합니다. 흡혈귀의 습격이 문명국까지 닥쳐오는 것이죠.

왼쪽 단체샷에 추가로

살아돌아온 나.

잭 수어드 박사의 스승인 나도 합류한다네!

반 헬싱 박사

정말 다수의 사람이 동시에 주인공으로 활약하고...

이야기 전체로 보자면, 의외로 내 분량이 제일 많습니다!

또 이들의 주변 인물들마저 강렬하고 깊은 인상을 남깁니다.

렌필드라는 환자인데 정말 흥미로워요.

저 할아버지는 항상 이상한 얘기만 하셔.

그대로 흘러갔다면 주연들 모두 순탄한 인생을 살았을 겁니다.
하지만 흡혈귀의 등장으로 행복은 깨져갑니다.

루시, 얼굴이 너무 창백해. 괜찮아?

음...그냥 좀 피곤해...

읽다 보면 '얼굴이 창백해졌다'는 문장만으로 엄청나게 불안해지는 스스로를 발견하실 수 있습니다.

다행히 이들은 용감합니다.

그리고 시시각각 다가오는 위험에 대처합니다.

영국이, 나아가 이 세상이 괴물의 손에 떨어진다면 어떡할 텐가?

무슨 일이 있어도 막아야 하네!

설령 그 과정이 불행으로 얼룩진다 해도 말이죠.

자, 여러분을 짧게 말하면 뭐죠?

어벤져스!

다만 맞서는 대상이 드라큘라!

딱이군요!

이 구도가 정말 독특한 겁니다.

제가 읽은 고전 중에 이렇게 다수의 사람이 시점을 바꿔가며 고루고루 주인공처럼 활약하는 건 《드라큘라》가 처음이에요.

물론 이들 캐릭터성에 한계는 있습니다만.

예를 들어, 저는 읽으면서
아서와 조너선의 성격 차이를
거의 느끼지 못했거든요.

둘 다 참 착하고
건실한 젊은이군요

다만 나머지 인물들은
현대인에게도 어필할 만한
캐릭터성을 지녔습니다.

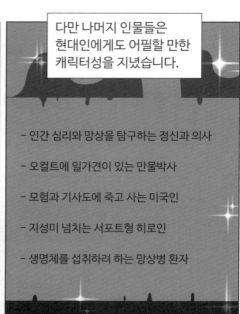

- 인간 심리와 망상을 탐구하는 정신과 의사

- 오컬트에 일가견이 있는 만물박사

- 모험과 기사도에 죽고 사는 미국인

- 지성미 넘치는 서포트형 히로인

- 생명체를 섭취하려 하는 망상병 환자

저 중에 반 헬싱 박사와
렌필드는 아예 각각 영화의
단독 주인공이 되었습니다.

이쯤 해도 얼마나 매력적인
캐릭터인지 아시겠죠?

제 생각에 잭 수어드 박사나
퀸시 모리스 또한 현대 공포물에
등장해도 인기폭발할 포지션입니다.

난 조난물,
액션물에 딱이고!

난 심리 스릴러물
최적화!

비록 현대 소설에 비해 심심한 점도 없지 않지만은,

저는 이정도만 해도 아주 훌륭하다 생각해요!

특징 3.
기록형 문학의 종결자

흔히 '서간체 문학'이라는 용어를 쓰는데요

서간체 문학이라 하면 보통 편지로 진행되는 것만 말하므로, 여기선 그냥 기록형 문학이라 지칭하겠습니다.

《드라큘라》 소설을 한 번이라도 읽으셨다면 공감하실 겁니다.

이 책이 지나칠 정도로 기록에 진심이라는 걸요.

뭐...지?

처음부터 끝까지! 모든 내용을! 일기나 편지 형식으로 처리합니다.

일단 초반부는 조너선의 일기고요.

저는 속기법으로 일기 쓰는 버릇을 들였답니다.

처음 익히기는 어렵지만 일단 익숙해지면 쉽고 빠르게 쓸 수 있죠.

게다가 상대가 영어의 속기법을 모른다면 암호 역할까지 가능하답니다!

그 다음에는 미나가 루시에게 쓰는 편지

안녕, 루시~

또는 루시가 미나에게 쓰는 편지

안녕, 미나!

미나의 일기

조너선처럼 나도 속기법을 배워 일기를 써봐야지.

잭 수어드 박사의 일기

얼마 전 루시 양에게 청혼했다 차였다. 기분도 꿀꿀한데 일이나 하자.

반 헬싱 박사가 수어드 박사에게 보내는 편지

내 친애하는 제자! 무슨 일인가?

아서가 수어드 박사에게 보내는 편지

이보게, 루시에게 무슨 일 있나?

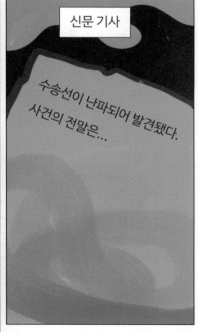

신문 기사

수송선이 난파되어 발견됐다. 사건의 전말은...

난파선 선장의 항해 일지

대체...
내 배 안에
무슨 일이...

전보

다 말하기도 힘듭니다.
아무튼 모든 내용은
기록형식입니다.

읽다 보면

뭔 짓거리야,
이럴 거면 그냥 전지적
작가시점 써!

아니, 그래도
재밌는데?
실제 있던 일
같고...

19세기 영국인들은
실제 일을 이런 식으로
남기냐...

인물들 기억력이
다들 엄청나군요

죄다 편집증
환자냐고ㅋㅋㅋㅋ
무슨 일기가 이렇게
자세하냐고ㅋㅋ

정말이지 여러 생각이 듭니다.
신기한 소설이에요.

《프랑켄슈타인》은 결과적으로
《드라큘라》와 또 하나의
공통점을 지닙니다.
똑같이 아무도 안 읽는
유명 공포 문학이면서
똑같이 기록형 문학이기도
하거든요.

다만 《프랑켄슈타인》은 이 정도는 아닙니다ㅎㅎ

우리도
편지 형식이긴
하지만...

난 그래도 저 정도로
오버는 안했다.

하지만 말이죠...
적당히 뇌절이면
저도 비추천하거든요?

에이, 뭐 이러냐?

그런데 너무 도를 넘어
뇌절을 하니깐

이게 한바퀴 돌아서
호감이 되데요?

뭐지? 겁나 신기하다
왜 이렇게까지 하지?

왜 전보랑
신문기사까지
다 넣어 놓지?

작가가 미쳤군!
맘에 들었습니다.

그러니까...
읽어보세요.

독자분들도
이 경험을 직접
해보셨으면 좋겠어요.

《드라큘라》는 말 그대로
기록형 문학의 종결자,
끝판왕입니다.
정말 정말 신기한
책입니다.

특징 4.종교적 해결

작중 흡혈귀는
불결한 존재입니다.
죽어야 할 자가
되살아난 존재이고,
성스러움과는
대비되는 존재이죠.

그에게 대적하려면 마늘과 십자가, 그리고 축성된 빵이 필요합니다. 굉장히 전통적이고 종교적인 해결책입니다.

그렇기 때문에 통쾌한 액션보다는 엑소시즘적인 측면이 강조됩니다. 애당초 드라큘라부터가 속도감 있게 피해를 주지 않고요.

축성된 빵을 잘게 부수어 원을 만들면 사악한 존재는 그 안으로 들어오지 못하지!

주연들 역시 몸싸움을 벌이기보다는 종교적인 공격을 합니다.

하는 일: 피해자 주변에 마늘꽃과 마늘 설치하기

하는 일: 박쥐로 변신해서 매일 조금씩 천천히 히로인 피를 빨기

여자 피만 빠는 거 너무 속보이지 않습니까?

목을 물어서 빠는데 남자면 너무 BL같지 않겠냐...

089

피를 빨린 대상: 서서히 죽어가거나 스스로도 드라큘라와 같은 불결한 존재로 변모

딴 얘긴데...

소재가 소재다 보니까 특정 작품이 생각 안 날 수가 없더라고요.

* 흡혈귀가 히로인인 게임, 〈월희〉

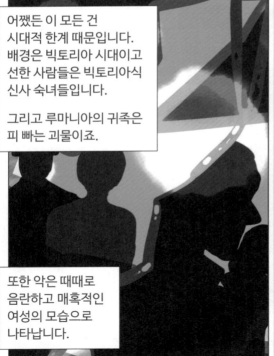

어쨌든 이 모든 건 시대적 한계 때문입니다. 배경은 빅토리아 시대이고 선한 사람들은 빅토리아식 신사 숙녀들입니다.

그리고 루마니아의 귀족은 피 빠는 괴물이죠.

또한 악은 때때로 음란하고 매혹적인 여성의 모습으로 나타납니다.

철저하게 기독교적이고 영국적인 소설입니다. 읽기 전에 감안해주세요.

여담으로 마무리 짓겠습니다.
이 작품은 일단 호러 소설이 맞습니다.

거의 중반부까지 백작의 정체가
모호하게 서술되어 독자는
대체 저게 무엇일까 의심하게 됩니다.

현대인이라도 호러에
익숙하지 않은 사람이라면
오싹할 묘사가 많고요.

다만 어느 정도 체계가 잡히면
공포의 대상에도 매뉴얼이 생기죠.
'미지의 존재'에서 '한번 싸워볼 만한 존재'로
변해가는 겁니다.

이런 전개는 지금도
먹힐 만하지만요.
역시 시대적 한계로 인한
단점도 많습니다.

흡혈귀는 이리를 조종하고
박쥐로 변신할 수 있으며,
물린 자들과
의식을 공유한다네.

예를 들어,
두 히로인은
철저히 《드라큘라》의
희생양이 됩니다.
그 과정도 현대인이
보기엔 구질구질하다
싶을 정도로 길죠.

당시 여자 캐릭터는
대체로 희생양이니까...

저는 그래도
시대가 허락한 선에서
완전 열심히
도움을 준답니다!

가장 무리수였던 건, 루시가 약해질 때
그녀를 사랑하는 남자들이
잇달아 수혈을 해주는 부분입니다.

좋아!
이번 수혈은
내가 하지!

다음은 나!

나도!

여러분, 루시와 본인의
혈액형은 확인하셨나요?

알 바야?

19세기 상남자는
그런 거
신경 안 쓴다!

뭐, 이런 병맛도 고전의 매력포인트 아닐까요 ㅎ

후후...

왜 다들 나를 죽이려고 하는 걸까...

이상, '열정'을 가미한 납량특집 《드라큘라》 리뷰였습니다!

뭐 조금 섬뜩하긴 해도! 설마 흡혈귀가 한국까지 오진 않을 테니 안심하고 즐기자고요!

《드라큘라》 리뷰 - 끝

Dracula

1897년 초판 커버

브램 스토커(Bram Stoker), 약 400페이지
아처발드 컨스터블 앤드 컴퍼니(Archibald Constable and Company), 스코틀랜드 에든버러

젊은 변호사 조너선 하커가 드라큘라 백작의 성을 방문하며 시작하는 이야기.
드라큘라 백작이 런던으로 이동해 그의 흡혈 계획을 실행하려 하자,
이를 막기 위한 인물들의 사투가 이어진다.

빅토리아 시대의 작가인 브램 스토커는 심령주의와 오컬트에 심취해 심령주의 모임에 참석했고 다양한 초자연적 현상에 대해 논의하는 것을 즐겼다. 특히, 뱀파이어 전설에 깊이 빠져들어 루마니아 귀족인 블라드 3세 드러쿨레아의 잔인한 전투 행위와 처벌 방식을 연구하면서 그를 두려움의 상징으로 삼았고, 이를 소설에 반영했다.《드라큘라 백작》은 출간 당시 독자들에게 엄청난 공포를 선사하며 큰 반향을 일으켰다. 출간 첫 해에 약 3천 부가 판매되었고, 초기에는 평론가들 사이

에서 엇갈린 평가를 받았지만 시간이 지남에 따라 이 책은 고딕 공포 소설의 고전으로 자리잡았다.

스토커는 런던의 리세움 극장에서 배우 헨리 어빙의 비서로 일하며 많은 예술가 및 상류층 인사들과 교류했는데, 이들 중 일부는 그의 소설 속 인물들의 모델이 되었다고 전해진다. 스토커는 현대 좀비물 장르 용어인 '언데드^{undead}'를 소설에 처음 쓴 작가로도 알려져 있다.

키두니스트의 작업 코멘트

*

호불호가 갈리지만, 아주 재밌는 책입니다! 특유의 고딕스러운 분위기가 일품입니다.

이 작품만큼은 테마 컬러를 정할 때 일말의 망설임도 없었는데요. 결과는 남색과 붉은색. 어두운 밤, 피를 빠는 흡혈귀 이야기니까요. 연재 중반기에 그린 리뷰로, 작화를 완전히 뜯어고칠 필요는 없었지만 은근한 수정이 많이 들어갔습니다.

3

두 도시 이야기

이리저리 서성이는 동안 시간은 자꾸 흘렀고,
시계가 이제는 다시 듣지 못할 숫자들을 울려댔다.
9시가 영원히 사라졌고, 10시가 영원히 사라졌고,
11시가 영원히 사라졌고,
12시가 사라지기 위해 다가오고 있었다.

찰스 디킨스 저, 권민정 역
시공사(2020), 611p

저는 구제불능의
인간입니다.

그러나 제가
도움이 될 날이
올 것입니다.

나는 나약하고
불안정하다네.

그러나 나만이
할 수 있는 일도
있을 걸세.

저는 강하지 않답니다.

그러나 저는 소중한 사람들을 지탱할 수 있어요.

저는 경솔합니다.

그러나 저는 더 나은 세상을 위해 노력할 수 있습니다.

A Tale of Two Cities

증오의 덩굴에 감긴 올곧은 사람들

-《두 도시 이야기》리뷰-

찰스 디킨스는 빅토리아 시대 영국을
대표하는 대문호입니다.
제가 특별히 애정하는 작가이죠.

특기할 점을 꼽자면
작품 하나하나 분량이
어마어마하다는 점입니다.

추후 말씀드리겠지만
굉장한 만연체 작가이기도
합니다.

그럼에도 불구, 디킨스는 살아생전
많은 사랑을 받았습니다.
뿐만 아니라 우주 시대에도
영원히 기억될 것이라고
〈닥터후〉*에서 인증했습니다.

* 주인공이 타임머신을 타고
시공간을 누비는 영국 드라마.

얼마나 인기가 많았냐면...

오늘 리뷰할 《두 도시 이야기》는 무려 **2억 부** 판매를 달성한 전설적 작품입니다.

어떻게 그 많은 분량에, 문장까지 긴데도 인기를 얻을 수 있었을까요?

19세기 영국인들이 책을 많이 읽어서...?

도 있겠지만!

찰스 디킨스가 인기를 끈 주된 이유는, 특유의 따뜻한 서사 때문일 것입니다.

비참한 하층민의 생활에 귀를 기울인 서사. 인간미 있는 서사. 이건 통합니다. 대중의 사랑을 받기에 충분하죠.

작품이 어떻길래
이런 이미지가 생긴 걸까요?
지금부터 알아보겠습니다.

갑시다!
《두 도시 이야기》!

작품의 시간적 배경은
18세기 말입니다.
그리고 공간적 배경은
파리와 런던이죠.

역사 좋아하는 분들은
짐작하시겠지만 이 시기에
프랑스 혁명이 발발했습니다.

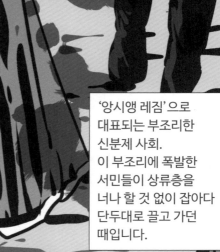

'앙시앵 레짐'으로
대표되는 부조리한
신분제 사회.
이 부조리에 폭발한
서민들이 상류층을
너나 할 것 없이 잡아다
단두대로 끌고 가던
때입니다.

그렇습니다.
제목의 '두 도시'는
파리와 런던입니다.

이 책은 폭풍 같은
혼란 속에 두 도시를
넘나들며 살아가던
어떤 사람들의
이야기입니다.

작품의 전반부는
혁명 이전입니다.
혼란이 본격적으로
시작되기 전에-

이보게,
메시지를
전해주게.

'로리'라는 아저씨가 등장합니다.

되살아났다고
말일세.

한 귀족의
만행으로 십 수년간
독방에 갇혀있던
신사가

이제야 세상에
풀려났다네.

로리는 텔슨 은행에
근무하고 있으며
자칭 지극히 사무적인
사람입니다.

헌데 그날 그가 가져온
'사무'의 내용은 보통이
아니었습니다.

20년 가까이 독방에 갇혀 이성을 잃은 한 신사의 소식이었기 때문이죠.

이제부터 로리는 신사의 딸에게 소식을 전하고, 딸과 함께 신사를 데려와야 합니다.

피해자 신사의 이름은 알렉상드르 마네트. 감금당하기 전까지 저와 가까이 지냈던 의사입니다.

감금당한 시점에 그에게는 임신한 부인이 있었습니다.

부인은 홀로 딸을 낳았습니다.

자신이 죽기 전까지 어떻게든 남편을 빼내려 노력했습니다. 하지만 헛수고로 끝났죠.

그녀는 딸에게
부친이 살아있다는
사실을 숨겼습니다.

아빠는
돌아가셨단다.

딸의 이름은 루시 마네트.
태생은 프랑스인이나
아기일 때 제가 직접
영국으로 피신시켰습니다.

지금은 숙녀로 자랐겠죠.

저는 그 숙녀에게
전해야 하는군요...

부친이
여전히 살아있으며
그간 어두운 독방에서
살아왔고 결국엔
미쳐버렸다고.

참담한 임무입니다.
얼마든지 참혹한 복수극으로
끝날 수도 있는 이야기입니다.

하지만 그 우려는
루시 마네트의
빛나는 품성 덕에
종식됩니다.

저는 지금껏
자유로웠어요.
거의 유령이
되어버린 아버지에
대해서는 생각한
적이 없었어요.

루시와 로리가 마네트 씨를
만났을 때, 그는 정신이 반쯤
나간 채 구두를 만들고 있었습니다.

감옥 안에서
그가 시간을 죽일 수 있는
수단이 구두장이
일뿐이었거든요.
결국 구두 작업대는
마네트 씨의 트라우마를
상징합니다.

그런 마네트 씨를 루시는
기꺼이 안아줍니다.

제 이름이 무엇인지,
제 부모님이 누구신지,
어째서 제가 그분들의
애달프기 그지없는 과거사를
조금도 몰랐는지...

언젠가는
알게 되실 거예요.

하지만 지금 말씀드릴
것은 이것뿐이랍니다.
간청하건대
저를 어루만져 주시고...

혹여나 제 목소리에서
한때 당신의 귓가에
맑디맑은 음악처럼 들린
목소리가 조금이나마
들린다면

제가 아버지를 위해
밤을 지새우며
흐느낀 적 없음을
용서 구해야 함을
아신다면

슬피 우세요, 슬피 우세요!

109

루시의 애정과 정성은
효과를 거둡니다.
몇 년 후에 마네트 씨는
다시 의사로 살아갈 수
있을 만큼 회복합니다.

이제 시간대가 바뀌고
재판 장면이 등장합니다.

피고 다네이는
반역죄로 사형에
처해야 한다!

다만 자신이 갇혔을 때의
이야기는 이상하리만치
하지 않습니다.

이 부분은 작품에서
핵심 복선으로
작용하죠.

그럴 사람
아니에요!

찰스 다네이라는 착한
청년이 스파이로 몰려
처형당할 위기입니다.
마네트 부녀는 그를
옹호해주는군요.

변호를 대충 했다면 다네이는 사지를 찢겨 죽었겠지만

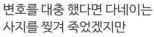

에엑.?!

디킨스의 책에서 그런 고어한 사건은 벌어지지 않습니다.

두 변호사, 스트라이버와 시드니 카턴의 활약으로 다네이는 무사히 풀려납니다.

이 사건을 계기로 다네이와 스트라이버, 카턴은 마네트 부녀와 친분이 생깁니다.

허허, 갑자기 남정네가 늘었군.

예쁘다!

여신...

결혼하고 싶다.

셋은 그 인물됨이 상당히 다릅니다.

다네이는 전형적인 주인공상으로, 올곧고 선량한 성품입니다. 추후 루시 마네트의 배우자가 됩니다.

루시 양과 마네트 박사님은 저의 은인입니다!

스트라이버는 속물적이며 출세 지향적인 인물입니다. 카턴을 자신의 수하처럼 부리고 있습니다.

난 잘나가는 변호사!

루시 양 정도면 내 아내가 될 자격이 있지.

카턴은 시종일관 무기력하고 뚱한 인상입니다. 출세는 물 건너갔고 평판도 나쁩니다.

변호사인데다 열심히 일하니 객관적으로 보면 인텔리지만 아무튼 설정상 저는 인생 망했습니다.

얼굴은 다네이와 닮았지만 스타일이 너무 정반대인지라 사람들은 그들이 닮았다는 생각을 하지 못합니다.

다만 스스로 망가졌을 뿐 본성은 선합니다.
다네이와 카턴의 미묘한 관계는 쭉 이어집니다.

찰스 다네이.
나와 닮은 자.
내가 어떤 모습이
될 수 있었는지를
보여주는 자...

좌우지간 마네트 부녀는
우여곡절 끝에 행복을
손에 넣었습니다.

마네트 양에게는 좋은
아버지가 생겼습니다.
좋은 남편도 생겼습니다.

로리와 카턴은
이들 부부에게
친구로 남았습니다.

유순하고 선한 이들이
평범한 시대의
평범한 사람이었다면
행복은 별탈 없이
이어졌을 것입니다.

하지만 혁명의 광기는
서서히 다가왔습니다.

특징 1.
신사다운 만연체

바로 특징으로
들어갑니다.

첫 번째 특징은
단연 문체입니다.
디킨스를
이야기할 땐
특유의 만연체를
빼놓을 수가
없습니다!

문장이 길어요.

엄청.

114

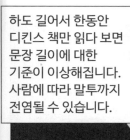

하도 길어서 한동안
디킨스 책만 읽다 보면
문장 길이에 대한
기준이 이상해집니다.
사람에 따라 말투까지
전염될 수 있습니다.

그래서 대여섯 가지
신경성 질환으로 고생하던
할머니는 마침내 그녀의
가장 고질적인 병이었던
생존 본능으로부터
해방되었대.

말투 왜 그럼?
또 이상한 책 읽음?

그리고 아름답습니다.
여기까지는 잘 쓴 만연체의
일반적인 특징입니다.

최고의 시간이었으며, 최악의 시간이었고,
지혜의 시대였으며, 어리석음의 시대였고,
믿음의 세기였으며, 불신의 세기였고,
빛의 계절이었으며, 어둠의 계절이었고,
희망의 봄이었으며, 절망의 겨울이었고,
우리 앞에 모든 것이 있었으며,
우리 앞에 아무것도 없었고,
우리 모두 천국으로 가고 있었으며,
우리 모두 반대 방향으로 가고 있었다.

만연체는
문장이 긴 만큼 가독성은
다소 떨어지지만,
잘만 쓰면 간결체로는 줄 수 없는
강렬하고 깊은 감동을 줍니다.

대체로 만연체는
진득한 감정선과 불타는 듯
맹렬한 느낌을 줍니다.

메리 셸리나 빅토르 위고의 작품을 보면 그런 특징을 알 수 있죠.

또 다른 만연체 선두주자인 나보코프 역시, 더 미학적이긴 하지만 이 특징에서 크게 벗어나진 않습니다.

하지만 디킨스는 다릅니다. 제가 좋아하는 다른 만연체 작가인 위고와 비교하자면요.

위고의 작품은 찢어진 로브를 걸친 광인이 활활 타는 불 속을 달리는 듯한 느낌입니다.

그에 비해 디킨스는 단정하게 차려입은 신사가 우산을 쓰고 부슬비 속을 걸어가는 느낌입니다. 인간미 넘치고 정갈합니다. 그리고 젠틀합니다.

비유는 풍성하다 못해 넘쳐흐르고
특유의 유머와 말장난은 독자와
함께한 모든 길을 풍요롭게 만듭니다.

이렇게 걸어간
서사는 과연
어땠을까요?

어쩌면 바로 그 순간
프랑스의 숲에서는
'운명'이라는 산지기가 일찍이
점찍어둔 나무들이 뿌리를 내리고,
훗날 베여 쓰러진 다음 칼날과
자루를 단 틀이 되어 역사에
남았을지도 모를 일이다...

저는 만연체가 이토록 젠틀할
수 있다는 걸 디킨스 덕에 처음
알았습니다.

특징 2. 신사다운 전개

말해 무엇합니까!
등장인물 역시 선을
딱딱 지킵니다!
십수 년간 감금당한
마네트 씨는

복수의 화신이 되긴커녕
소소한 일상에 만족합니다.

아유,
우리 착한 딸이랑
행복하게 살자.

솔직히 이 시대에
귀족이 행패부린 걸
복수하기도
어렵고, 하하.

한 여자를 동시에
좋아한 세 남자는

굉장히 조용하고 평화롭게
마무리를 짓습니다.

뭐? 내 청혼을
거절하다니!
거 우둔한 여자구만!
알았어! 딴 사람이랑
결혼할게!

그냥 저를
기억만 해주시면
충분합니다.
행복하세요.

결혼합시다!

네!

다네이는 프랑스 귀족 가문 출신이어서 악독한 삼촌과 갈등을 빚지만

사악한 구체제의 우두머리 같은 삼촌!

전 귀족으로 살기도 싫고 이딴 가문에 속하기도 싫습니다. 영국에 가서 찰스 다네이라는 이름으로 살겠습니다.

악독한 삼촌마저 선은 지킵니다.

그러냐? 뜻대로 해라. 난 네가 면전에서 그따구로 말해도 독살 같은 거 하지 않고 밥 잘 먹여서 배웅할 거야. 난 나쁜놈이지만 배운 나쁜놈이니까!

조금이라도 잔인한 묘사가 나오면 인물들은 꼬박꼬박 충격받습니다.

단두대가 1분에 하나씩 머리를 자르고 있어!

사람들이 피투성이가 되어 돌아와 무기를 갈고 있어! 오오 세상에!

모든 인물은 나름의 사정이 있고 인간미도 있습니다.

어릴 적 그 사건이 지금의 나를 만들었다.

하지만 그래도 이건 나쁜 짓이야...

이건 뭐 너무 젠틀해서 정신이 오염될 지경이군요!

특징 3. 극한의 빌드업!!

제가 줄거리로서 소개한 내용은 전체의 극히 일부분입니다.

왜냐면 이외 내용은 수많은 복선에 감싸여 패스츄리마냥 첩첩이 감춰져 있거든요.

봐봐, 여기 복선 있네.

여기도 있네. 여기도. 자, 쉽지?

그래도 어려우면 한번만 더 잡숴봐. 다 보여.

서사뿐 아니라 인물 설정마저도 죄다 감춰져 있습니다. 읽다 보면

얘가 얘였어?

얘가 얘였다고?

얘한테 이런 과거가 있었다고?

하고 놀라는 게 한두 번이 아닙니다.

분명 장르가 추리물은 아닌데 읽다 보면 추리물로 착각할 정도예요.

자, 여기 누구 얘기 나오지?

여기도 누구 나오지? 얘도 쓸데없이 자주 언급되네?

이게 이게 다 의미가 있어요.

이것만 기억해주세요. 지금 읽는 모든 문장이 의미가 있다. 나중에 꼭 한번 더 읽자.

디킨스의 책들은 결말을 알고서 재독할 때 더더욱 빛이 나니까요.

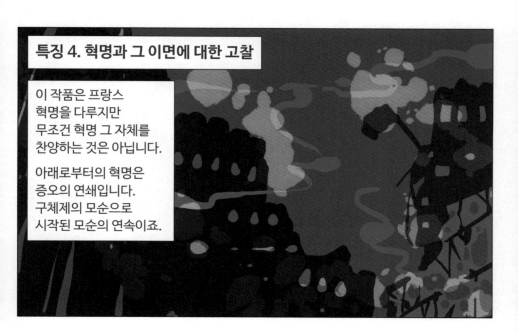

특징 4. 혁명과 그 이면에 대한 고찰

이 작품은 프랑스 혁명을 다루지만 무조건 혁명 그 자체를 찬양하는 것은 아닙니다.

아래로부터의 혁명은 증오의 연쇄입니다. 구체제의 모순으로 시작된 모순의 연속이죠.

마네트 박사는 귀족에게 잘못 걸렸다는 이유로 감금당합니다.

찰스 다네이는 귀족의 핏줄이라는 이유로 죽을 위기에 처합니다.

루시는 다네이의 배우자라는 이유로 위기에 휘말립니다.

수많은 프랑스인들은 억압에 짓눌려 무력감과 복수심을 품고 성장했습니다.

그래서 작품의 입장은 뭔데?

혁명의 주동자들은 한때 가장 비참한 처지에 있었지만 이제는 피의 광기에 절어 있습니다.
이들은 가해자가 된 피해자들입니다.

두 입장에서 저울질합니다.

이 사람들은 이렇게 비참해! 약하고 불쌍하다고! 현실이 이런데 혁명 안하고 배겨?

아무리 그래도! 연좌제로 상류층을 죄다 목 잘라 죽이면 되겠냐? 혁명파는 이미 광기 그 자체야!

당연하지. 증오는 사슬처럼 이어지는 거니까.

사슬을 끊을 수 있는 건,

기나긴 세월과 한 줌 인간성뿐이니까.

123

그 어느 때라도 일말의 인간미는 살아있으며 사랑과 믿음은 소중한 것이고, 파멸의 끝에는 작은 씨앗이 남을 거라는 게 식상한 메시지일까요?

식상해서 고전인 겁니다.

자, 지금까지 《두 도시 이야기》를 스포일러 다 빼고 힘들게 리뷰했습니다!

아, 읽다 보니 좀 두껍네, 하차해야징.

이 책은 꼭 끝까지 읽어주세요! 감동의 눈물이 나올 겁니다!

《두 도시 이야기》리뷰- 끝

두 도시 이야기

A Tale of Two Cities

1859년 초판 커버, 약 350페이지

찰스 디킨스(Charles Dickens)
채프먼 앤드 홀(Chapman & Hall), 영국 런던

프랑스 혁명을 배경으로 런던과 파리 두 도시를 오가며 전개되는 이야기.
루시 마네트와 그녀의 가족, 친구들이 혁명의 혼란 속에서
살아남기 위해 애쓰는 모습을 그린다.

"이것은 내가 이제까지 해 온 그 어떤 일보다 훨씬 더 나은 일이다. It is a far, far better thing that I do, than I have ever done." 이 유명한 마지막 문장처럼 《두 도시 이야기》는 시대를 초월한 감동을 전하는 걸작이다. 세계에서 가장 많이 팔린 단행본으로 유명한 이 소설은 찰스 디킨스가 편집자로 일하던 주간 잡지 《올 더 이어 라운드 All the Year Round》에 연재한 것이다. 당시 그는 이미 《올리버 트위스트》, 《크리스마스 캐럴》 등으로 명성을 떨치고 있었기에, 새 작품 연재가 시작되자

문학계의 관심이 쏠렸다. 작품은 엄청난 인기를 끌었고 마지막 회차가 실린 잡지는 품절 대란을 빚었다.

디킨스가 마지막 회를 완성하기 전에 독자들이 결말을 궁금해하며 집 앞에서 기다리기까지 했다고 한다. 연재 완료 직후 단행본이 출간되어 크리스마스 시즌을 앞두고 기록적인 판매고를 올렸다. 당대 문호들도 디킨스의 탁월한 플롯과 문체를 극찬했다. 미국에서는 디킨스가 해적판 출판사와의 법적 다툼을 벌이기도 했다.

키두니스트의 작업 코멘트

*

디킨스에 입덕한 계기가 된 작품입니다. 꼭꼭 감춰진 스토리 때문에 리뷰도 가장 짧습니다. 하지만 책의 깊이는 리뷰의 길이와 관계가 없지요. 디킨스의 작품이 대개 그렇듯 두 도시 이야기도 그야말로 점잖습니다. 따라서 테마 컬러는 신사들의 코트처럼 어두운 갈색입니다. 연재 초기에 리뷰했기 때문에 단행본 버전은 연출을 개선하는 방향으로 작화를 수정했습니다!

4

웃는 남자

겉보기에는 희극적이되 내면은 비극적인 것,
그보다 더 모욕적인 괴로움은 없으며,
그보다 더 깊은 노여움도 없다.

빅토르 위고 저, 이형식 역
열린책들(2009), 848p

그래서 난
당신을 사랑해요.
당신을 경멸해서
좋아하는 거죠.

나는...

아름다운 내가
추한 당신과 함께하면
어떻게 될까요?

너, 이제 영원히 웃으라.

추한 얼굴로,
추한 웃음에
둘러싸여서

내가 어떤 말을 해도
어떤 생각을 해도

군중의 얼굴에는
항거할 수 없는 폭소가
유령처럼 떠오르리라.

L'homme qui rit
폭발하고 불타서 재만 남은 휴머니즘
- 《웃는 남자》 리뷰-

1,000페이지 가까운 책을
3일만에 읽을 수 있을까요?

아ㅎㅎ 시간이
그렇게 많으면
친구를 만나지, 책을
왜 봐요ㅎㅎ

...

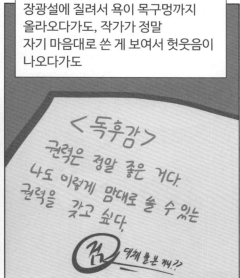

장광설에 질려서 욕이 목구멍까지
올라오다가도, 작가가 정말
자기 마음대로 쓴 게 보여서 헛웃음이
나오다가도

〈독후감〉
권력은 정말 좋은 거다.
나도 이렇게 맘대로 쓸 수 있는
권력을 갖고 싶다.

대체 뭘 본 거야??

글을 하도 잘 써서 그 모든
응어리가 순식간에 풀어질
수 있을까요?

위고 님은
'글의 신'이십니다.
경배하십시오.

그럼에도 불구하고 결말에서
철저히 배신당해, 읽은 걸
후회하게 하는 책이 있을 수
있을까요?

경배 의식으로
하권을 불태우겠습니다.

어째서?!

활활
활

빅토르 위고가 쓴
《웃는 남자》에서는

이 모든 경험이
한 번에 가능합니다.

작가는 19세기
프랑스의 대문호이자
정치가입니다.

특유의 광기어린 필력으로
젊은 시절엔 《파리의 노트르담》을 썼으며

나이든 뒤에는 《레 미제라블》과
《웃는 남자》를 썼습니다.

Sanctuary!!

한때 그가 살았던 거리는
'빅토르 위고 거리'라 불립니다.
사후에는 가장 명예로운
프랑스인만이 묻히는 묘소,
팡테옹에 잠들었습니다.

그는 오늘날에도 누구나 알 정도로 유명한 작가입니다. 아마 프랑스인들에게 가장 사랑받는 작가일지도 모릅니다.

저 역시 가장 사랑하는 프랑스 작가를 한 명 꼽으라면 위고를 꼽을 거고요!

그리고 《웃는 남자》는 제가 《파리의 노트르담》 다음으로 읽는 위고의 두 번째 책입니다.

이 책이 조커의 기원이랍니다!

위고 본인이 가장 애착하는 작품이에요!

그래? 이건 못 참지!

보통 작가 본인이 높게 평가하는 작품은 작가의 개성이 짙습니다.

그래서 해당 작가를 좀 알고 나서 봐야 하죠.

저는 《파리의 노트르담》 덕에 위고의 장광설과 파국적인 전개에도 적응이 됐답니다!

그러니 부담없이 독서를 시작하겠습니다!

그렇게 읽기 시작한 《웃는 남자》는

저를 겸손하게 만들었습니다.

내가 아직 위고의 장광설을 모르고 있었구나

시궁창 같은 전개도 잘 모르고 있었구나.

결정적으로,

이 사람이 글을 얼마나 미친 듯이 잘 쓰는지 모르고 있었구나.

오호?

그 필력으로 결말을
이렇게 내버리네?

지금까진 위고님이라고
불렀지만 오늘부터는
위고O이라고 부른다.

이 날의 원한(?)을
잊지 않겠다, 결코.

대체 무슨 내용이길래
이러는지 궁금하시죠?

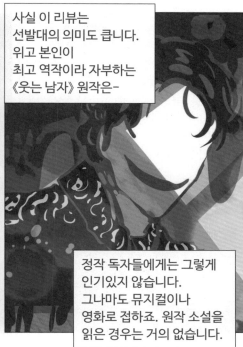

사실 이 리뷰는
선발대의 의미도 큽니다.
위고 본인이
최고 역작이라 자부하는
《웃는 남자》원작은-

정작 독자들에게는 그렇게
인기있지 않습니다.
그나마도 뮤지컬이나
영화로 접하죠. 원작 소설을
읽은 경우는 거의 없습니다.

'빅토르 위고'로 검색해도 《레 미제라블》이나 《파리의 노트르담》이
나오지 《웃는 남자》 이야기는 많지 않습니다.

이런,,,
문알못,,,
놈들,,,

소재부터 인체개조
+인신매매인데다가
서사 진행 부분은
전체의 1/3도 안 되면서
인기가 터지기를
기대하신 건 아니죠?

'작가가 사랑하는 작품은 대중에게
인기가 없다'는 공식은
위고도 예외가 아니었습니다.

그러니...

이 리뷰를 통해 보다 많은 분들이 소설《웃는 남자》를 아시게 되길 바랍니다. 부디 이 마성의 책을 알아주시길 바랍니다.

앞에서 욕을 많이 했지만 저는 이 작품을 아주 좋아합니다. 좋아해서 욕도 했던 거예요!

그럼 이제부터 줄거리를 설명하겠습니다.

그로테스크한 내용이 나오니 심성이 연약한 분들은 패스해주세요!

배경은 17세기 말에서 18세기 초의 잉글랜드입니다. 작중 설정으로 '콤프라치코스'라는 악질 범죄 조직이 남아있는 시대입니다.

콤프라치코스는 아이들을
인신매매해서 기형으로
만드는 조직입니다.
기형이 된 아이들은
귀족의 유흥거리로 팔립니다.

당시 귀족사회에서는 기형인을 애완동물처럼
데리고 다니는 게 유행했거든요.

어른이 된 기형인들은 서커스단에 팔려
강제로 공연을 하게 됩니다.

심지어 한때는 국가에서
이 조직을 잘(?) 이용했습니다.

거슬리는 귀족의 후손을
콤프라치코스에 넘길까?
그들이라면 부모조차
못 알아볼 외모로
만들어주겠지.

그나마 다행인 건
마취를 잘 해서 아이가
고통도 거의 못 느끼고
기억도 없다는 거죠.

그 외에는 모든 면에서
끔찍한 일이었습니다.

이거 그대로 믿고
영국을 혐오하진 마세요.
콤프라치코스는
위고가 창작한 가상의
조직입니다.

나중에 말할 테지만 이 소설은
위고가 영국에 대한 자신의
악감정을 툭툭 드러내는 작품이고요.

기형인이 공연하는 프릭쇼는
실제로 있었지만 이런 전문 조직은
창작의 산물입니다.

아무튼 정권이 바뀌면서
아동 보호법이 시행되었습니다.
콤프라치코스도 다행히
규제의 대상이 되었습니다.

굳이 이런 왜곡
안 해도 우리가
잘못한 건 많은데...

문제는 대책없는 규제를 하는 바람에
유랑인들이 어린애를 데리고 다니기만 해도
콤프라치코스라며 잡아갔단 거죠.

덕분에 친부모가 애를 버리는
사태까지 벌어졌습니다.

그 애는 뭐야!
인신매매지?

우리 아이예요!

거짓말 마!
대체 어떻게
얻은 애야?

마누라랑
자서요...?

픽션입니다
여러분!

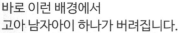

바로 이런 배경에서
고아 남자아이 하나가 버려집니다.

아이는 본래 콤프라치코스와
동행하고 있었습니다. 하지만
체포될 것을 두려워한 일당이
아이를 버려두고 배에 타버렸습니다.

졸지에 한겨울 포틀랜드 항구에
남겨진 아이는 마을을 찾아 해맵니다.

그해 겨울 포틀랜드는
포스트 아포칼립스가
연상될 정도로 춥습니다.

아이는 정처없이 헤매며
교수형 당한 시체도 보고
얼어죽은 여자도 봅니다.

얼어죽은 여자는 두 살도 안 된
딸을 안고 있었습니다.
다행히 아이는 살아있습니다.

남자아이는
아기를 감싸 안고
마을로 갑니다.

다행히 한 캠핑카에 들어가는데-

빨리 들어와라! 멍청한 놈!

우르수스라는 노인과 호모라는 늑대가 사는 집이었습니다.

우르수스는 자칭 '인간 혐오자'여서 늑대와만 소통하고 생계를 위해 적당히 일하며 살아가고 있습니다.

왜 혼자냐, 꼬맹이? 부모는?

없어요.

바보라서 부모가 버렸군!

인간 혐오자여서 병자를 만나면 비참한 삶을 계속 이어가라며 치료해주고

덕분에 살았습니다!

흥, 저주받은 인생을 오래오래 살아가시게!

가난한 사람이 보이면 비참한 인생 계속 살라며 있는 돈을 다 털어줍니다.

거지 같은 인생을 끝내는 은혜를 내가 베풀 수야 없지!

이건 뭐 보통
츤데레가 아닙니다.

고전문학 통틀어
세 손가락 안에
꼽힐 만한 역대급
츤데레입니다.

츤데레답게 우르수스는 아이에게
계속 욕은 하면서줄 건 다 주고, 급기야는
자기 집에서 키워주려 합니다.

나는 오늘 정말
저녁밥을 먹고 싶었는데!
저놈이 와서 뺏어갔어!

게다가 저놈을 키우려면
아무리 열심히 일해도
배를 곯겠지, 빌어먹을!

그치만 내게는
아직 내 몫의 우유가 있다고!

응애

잘됐군!
이제 우유마저
뺏겼어!

141

아이가 데려온 여자아기에게도
욕은 하면서 우유를 데워주고,
엄마의 시신을 수습하러 나섭니다.

이건 뭐 입만 험하지
성자가 따로 없습니다.

대충 애들이 살아나자
우르수스는 질문을 던집니다.

그래서 꼬맹아.

아까부터
왜 웃는 거냐?

안 웃었는데요.

널 버리고 간
그놈들이

142

네 얼굴에
무슨 짓을 한 거냐?

우르수스는 직감으로
콤프라치코스의 짓임을 압니다.

됐다...

웃어라, 아들아.

그렇게 그들은 가족이 됩니다.

이제 중간부에는 당시 잉글랜드 상류층에 대한 설명이 길게 나옵니다. 클랜찰리 경이라는 귀족 이야기도 나오죠.

고집스레 공화주의를 주장하다 쓸쓸하게 죽은 귀족인데

슬하에는 사생아 하나만 남았다고 합니다.

그 아이는 데이비드 경이라는, 사교적인 멋쟁이 귀족으로 성장합니다.

본 적도 없는 친아버지의 공화정 따윈 관심 없어.

난 왕실에 충성할 거야.

사생아라서 입지도 불안한데, 내 자리나 잘 해먹고 살아야지!

데이비드는 지위를 확고히 하는 대가로...

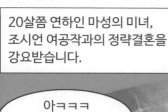

20살쯤 연하인 마성의 미녀,
조시언 여공작과의 정략결혼을
강요받습니다.

아ㅋㅋㅋ
어쩔 수 없네ㅋㅋㅋ

그런데 우리 결혼 좀
천천히 하자.
나는 아직 젊은 척하면서
귀부인들과
연애하고 싶거든.

그래요.
저도 일찍 결혼하고
싶진 않아서요.

이런 이유로 둘은 아직
약혼자 관계입니다.

조시언 역시 제임스 왕의
사생아였으므로 둘은 나름
어울리는 한 쌍이었습니다.

다만 데이비드는 아직
가장이 되고 싶지 않은
철부지 미중년이었죠.

조시언은 조시언대로 문제였습니다.

귀족 남자들? 시시해.

그녀는 날 때부터 고귀한 신분이었습니다. 그 결과, 내면에 이상한 타락 욕구가 생겼습니다.

난 구렁텅이 같은 사랑을 원해.

내 몸을 아래로 내던지는 사랑...

데이비드와 조시언이 사치스럽게 사는 이 시점에

우르수스가 애들을 거둔 지 15년이 지났습니다.

적자가 없으니 데이비드 경은 사생아라도 무리 없이 작위를 이어받습니다.

다만 이상한 소문이
도는 게 문제였죠.

클랜찰리 경이
몰래 결혼한
여성이 있대요!

하지만 여성은
아들을 출산하다 죽었고
클랜찰리 경도
곧 사망했죠.

다행히
아들은 생존했고
정말 잘생겼대요.

그 말대로면
적장자가 있다는
거잖아?

도시전설이면
다행인데, 아니면−

적장자가
나타났을 때
데이비드의 지위도
끝장이겠군.

콤프라치코스에게 버려진 소년은
곡예사로 성장했습니다.
이름은 그윈플레인입니다.

그윈플레인은 키도 훤칠하고
인성도 좋은데다 순수했습니다.

우르수스의 영재교육으로
유식하기까지 했죠.

머릿속은
꽉꽉 채워야지!

라틴어

하지만 어릴 적
콤프라치코스의
만행 때문에,
가면을 쓴 듯한
괴상한 얼굴이
되었습니다.

다른 게 완벽해서
밸런스 패치처럼
보이기도 하지만요.
어쨌든 본인에게는
큰 문제입니다.

특히나 입이 귀까지
벌어져 있기에
본인 의지와 관계없이
웃게 되었습니다.
그래서 예명 또한
'웃는 남자'가 되었죠.

Laughing Man

관객들 역시 그윈플레인의 얼굴을 보는 순간
반사적으로 웃음을 터뜨렸습니다.

왜 내 아들은
그윈플레인처럼 안 생기고
평범하게 잘생겨서
돈벌이도 못하는 거야!

애 아비가 누군지
알기라도 하면
한바탕 하련만!

149

얼굴 때문에 곡예사로 성공했으니 나쁘지만은 않지만

평범한 인간관계를 가지는 건 불가능해...

그윈플레인은 자기 얼굴을 잘 이용하면서도 열등감에 시달립니다.

이 복잡한 감정은 데아 때문이기도 했습니다.

데아는 그윈플레인이 어릴 때 구해준 아기였습니다. 현재는 잘 커서 그윈플레인의 배필이 되었습니다.

데아는 아마 위고가 창작한 최고의 성녀 캐릭터가 아닐까 싶은데요.

천사처럼 착한 데다 자신을 구해준 그윈플레인을 거의 숭배하며 사랑합니다.

그윈플레인은 신이야. 어릴 때 날 구해주었고 세상에서 제일 착해.

자연히 그윈플레인과 데아는
모범적인 순애 커플이 되었습니다.

데아 너무 좋아.
난 데아만 있으면
행복해.

문제는 데아가 어릴 때
병으로 시각을 잃은 데다

아기가
소경인데?

몸도 약하고

괜찮아, 쉬면
나아질 거야...

플라토닉하게 사랑하느라
여지껏 포옹 한 번을 안
했다는 겁니다.

저희 이미
결혼했는 걸요.
손만 잡아도
행복해요.

너넨 결혼이
뭔지 모르냐?!

전체 줄거리의 반 정도를 간단히 훑어봤는데요. 나머지 내용은 특징으로 보겠습니다!

가장 눈에 띄는 장점은 캐릭터성입니다. 설정부터가 사기거든요.

어릴 적 모종의 사정으로 콤프라치코스에게 팔려가 얼굴이 변형된 그윈플레인.

어떤 생각을 하더라도 얼굴은 강제로 웃고 있는 그윈플레인.

관념으로 세상을 바라보는 눈먼 데아.

앞을 볼 수 없기에 선을 곧 아름다움으로 인식하고, 기꺼이 주인공을 사랑하는 데아.

인간을 혐오하고 늑대만 사랑하는 욕쟁이 우르수스.

하지만 기꺼이 아이 둘을 맞이해 친자식처럼 키우는 우르수스.

아버지와 정반대로 왕권에 빌붙어 현실적 처세에 골몰하는 데이비드.

그러면서도 소탈한 면이 있어 재미를 위해 평민으로 가장하고 평민 사이에 섞여 노는 데이비드.

태어날 때부터 구름 위에서 살던 빛나는 조시언.

내면이 전혀 순진하지 않고 구름 아래를 바라보며 타락을 꿈꾸는 조시언.

타고난 처세술로 귀족의 시종이 된 바킬페드로.

줄거리 설명에선 생략!

겉은 서글서글하지만 속은 끝없는 욕망과 권력욕, 비틀린 사랑으로 가득한 바킬페드로.

정말이지 버릴 캐릭터가 없습니다.

'조커'가 괜히 이 책에서 영향을 받은 게 아닙니다.

읽다 보면 한 명 한 명에 감정이입이 되는데다 그 내면이 너무도 드라마틱합니다.

그윈데아 케미 미쳤다. 역대급이다!

조시언 누나! 날 가져요, 엉엉!

아아, 대체 이 사람들 어떻게 될까?

단점 1. 극한의 취향놀음

단점이 있다면...

위고가 캐릭터 만들 때 본인 취향을 무더기로 들이부었다는 거죠.

괜찮아요! 작가가 자기 취향 따라 캐릭터를 만드는 건 당연한 거죠! 전 관대하답니다!

원남자

너무 취향이 잘 보여서 실수로
남의 하드디스크 열어본 기분이 듭니다.
이래서 위고가 《웃는 남자》를
제일 좋아하는군요.
할 말 다 하고 자기 취향 다 넣고
자기 맘대로 써놨으니까요.
《파리의 노트르》담 읽을 때까지는
존경했는데 지금은 뭐랄까 존경이라기보다
묘한 감정이 들어요.
존경하던 교수님이 특정 커뮤니티에
글을 천 개쯤 쓴 네임드인 걸 알면
기분이 이럴까요

위고는 이런 걸
좋아하는군요...

뒤에 글자가
좀 많은데
저거 뭐죠?

아뇨.
글 잘 썼다고요.

조시언 비유한답시고
온갖 포유류 암컷을
다 끌고 왔어, 미친O

말칸 바뀜

장점 2. 역대급 빌드업
(스포일러 주의)

만일 그대로 살았다면 그윈플레인은 데아와 이어지고 곡예가로서의 일생을 오래 이어갔을지도 모릅니다.

사정은 완전히 달라집니다.

하지만 이들이 런던으로 오며─

공연도 잘되는 김에 런던 진출하자!

내가 JYP다!

평생 만날 일 없을 것 같은 두 일행이 접촉하게 된 것이죠.

평민으로 변장한 데이비드는 그윈플레인의 공연에 푹 빠지고,

유니크...!

그윈플레인 역시 그에게 호감을 느낍니다.

단골 관객이 인상도 좋고 미남이던데요. 이름이 뭘까요?

'톰짐잭'이라더군.

뭐예요, 그 영수철수민수 같은 이름은?

톰짐잭으로 위장한 데이비드는 조시언에게 공연 관람을 권합니다.

요즘 하는 공연들은 다 시시해요...

그럼 그윈플레인을 보러 가지!

그윈플레인? 그게 누구죠?

그리하여 그윈플레인을
본 조시언은-

아...!

저 낮고
추한 모습...

내가 바라던
남자다!

그대로 왜곡된 사랑에
빠져버립니다.

그윈플레인 역시 상대에게
빠지지 않을 수 없었죠.

태양 같은
여귀족!
올림포스 위의
여신 같아!

여기서 그쳤다면
평화롭게 끝났을지
모릅니다.

그윈플레인은 절제를 아는 사람이고
데아를 사랑했으니까요.

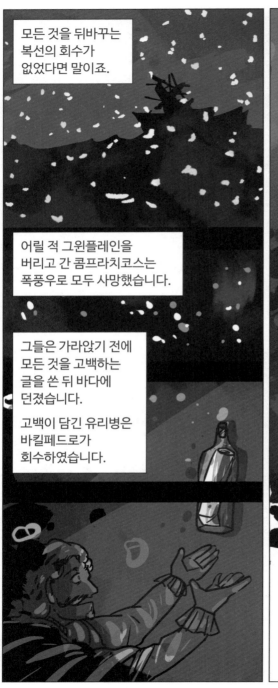

모든 것을 뒤바꾸는
복선의 회수가
없었다면 말이죠.

어릴 적 그윈플레인을
버리고 간 콤프라치코스는
폭풍우로 모두 사망했습니다.

그들은 가라앉기 전에
모든 것을 고백하는
글을 쓴 뒤 바다에
던졌습니다.

고백이 담긴 유리병은
바킬페드로가
회수하였습니다.

그 속에 담긴 글은...

클랜찰리 경의 적자는
국왕에 의해
콤프라치코스에
맡겨졌으며...

수술로 본래 얼굴이
지워지고
그윈플레인이라는
이름으로 불렸다.

따라서 그대는
일개 평민이 아니라
잉글랜드의
귀족이시며

데이비드 경의
모든 권력은
적자인 경의 소유로
이관될 것이며

그대의 이름 또한
그윈플레인이 아니라
클랜찰리 경이십니다.

여공작 조시언 또한
경의 약혼자가
될 것입니다.

이제껏 함께 지내온 평민들과 다른 새로운 인생을 시작하시옵소서.

이 전개는 그윈플레인에게 있어 행운일까요, 불행일까요?

간단히 요약했지만요. 여기까지의 전개가 믿을 수 없게 탄탄하고 유기적입니다.

외부 요인 때문에 계급 밑바닥으로 떨어졌다가 다시 맨 위로 끌어올려진 그는 어떤 인생을 살아가게 될까요?

그윈플레인이 버려진 경위와 이후의 사정, 클랜찰리 경의 뒷얘기, 등장인물들의 관계는 그야말로 퍼즐처럼 맞춰집니다.

그윈플레인의
정체가 드러날 땐
독자의 카타르시스도
극에 달하죠. 위고의
빌드업이 빛을 발하는
순간입니다.

우오오!

그럼 이제
어떻게 될까요?

단점 2.
다 해놓고 부숴버리기

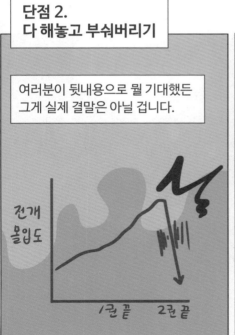

여러분이 뒷내용으로 뭘 기대했든
그게 실제 결말은 아닐 겁니다.

전개
몰입도

1권 끝   2권 끝

웃는 남자는 결말에서 모든 기대를
부숴버립니다. 이토록 빛나는 빌드업을
해놓은 주제에, 이렇게 캐릭터를
잘 짜놓은 주제에 말이죠.

이것이
나의 즐거움

* 왜곡입니다

읽다 보면

왜 이것밖에 안 남았지?

아무리 봐도 끝날 타이밍이 아닌데?

싶습니다.

다 읽어도 똑같은 생각이 듭니다.

암만 봐도 급 마무리인 데다 한두 권 분량이 더 있어야 할 내용이거든요.

그래서 저는 행복회로를 돌리고 있습니다.

결말부는 위고가 누군가에게 협박당해 쓴 것이고, 어딘가에 한 권이 숨겨져 있을 거라고요.

아니 미친;; 중간에 쓰는 특징치고 너무 치명적인 단점 아닌가요?

하하

결말만 빼고
보시면 됩니다.

저도 이 리뷰 쓰면서
재독할 때
결말 안 봤어요.
저처럼 보세요.

에엑?!

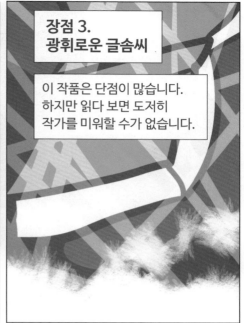

장점 3.
광휘로운 글솜씨

이 작품은 단점이 많습니다.
하지만 읽다 보면 도저히
작가를 미워할 수가 없습니다.

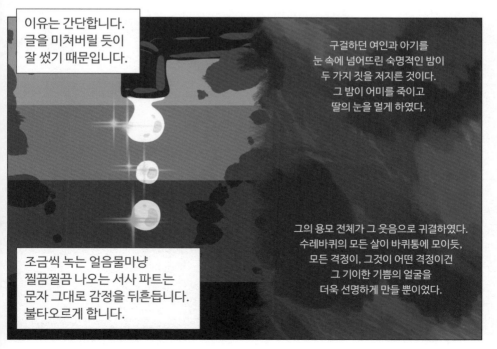

이유는 간단합니다.
글을 미쳐버릴 듯이
잘 썼기 때문입니다.

구걸하던 여인과 아기를
눈 속에 넘어뜨린 숙명적인 밤이
두 가지 짓을 저지른 것이다.
그 밤이 어미를 죽이고
딸의 눈을 멀게 하였다.

그의 용모 전체가 그 웃음으로 귀결하였다.
수레바퀴의 모든 살이 바퀴통에 모이듯,
모든 격정이, 그것이 어떤 격정이건
그 기이한 기쁨의 얼굴을
더욱 선명하게 만들 뿐이었다.

조금씩 녹는 얼음물마냥
찔끔찔끔 나오는 서사 파트는
문자 그대로 감정을 뒤흔듭니다.
불타오르게 합니다.

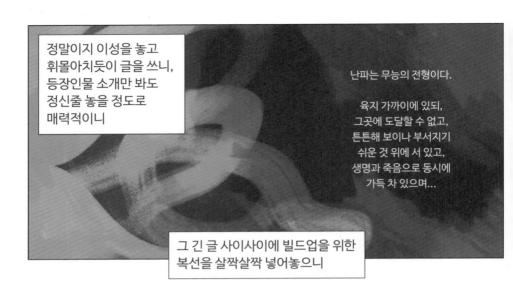

정말이지 이성을 놓고 휘몰아치듯이 글을 쓰니, 등장인물 소개만 봐도 정신줄 놓을 정도로 매력적이니

난파는 무능의 전형이다.

육지 가까이에 있되, 그곳에 도달할 수 없고, 튼튼해 보이나 부서지기 쉬운 것 위에 서 있고, 생명과 죽음으로 동시에 가득 차 있으며...

그 긴 글 사이사이에 빌드업을 위한 복선을 살짝살짝 넣어놓으니

독자는 다 알면서도 눈물을 머금고 들어가게 됩니다.

지옥 같은 장광설의 파도 속으로요.

단점 3.
심연의 만연체, 심연의 TMI

위고님,

안 궁금합니다. 안 여쭤봤습니다.

독자를 이 활자지옥에서 꺼내주세요.

하하,

싫어.

위고의 장광설은
이미 유명한데요.
그래도 정도라는 게
있습니다.

《웃는 남자》는 한참 전에 이 선을
넘어버렸다고 생각합니다. 이래봬도
저는 앞부분에서 스토리 요약하며
정말이지 잔가지를 사정없이 쳐버리고
핵심만 가져왔습니다!

실제로 읽으면 이렇게
이쁘게 진행되지 않습니다.
설명을 무더기로 퍼부어서
독자가 깔려죽기 직전에
서사를 한 방울 떨어뜨리고...

다시금 안 궁금한 설명을 확 퍼부어서
독자가 또 죽을 지경이 되면 서사를
또 한 방울 떨어뜨린다 보시면 됩니다.

일단 책을 시작하면 당시 잉글랜드 상황과 콤프라치코스에 대해서 폭풍 설명합니다.

이 당시 잉글랜드의 법률이 어땠냐면...

귀족들은 어떤 체계로 살았냐면... 귀족의 덕목은 뭐냐면...

그러고서야 남자애가 배에 타지 못하고 버려진 상황을 보여주죠.

그 다음에는, 제가 이 부분을 요약에서 아예 생략했지만요.

위고는 콤프라치코스 일당이 탄 배가 악천후에 휘말려 어떻게 난파되는지, 궁금하지도 않은 본인의 해양지식과 선상지식을 자랑하며 길─게 보여줍니다.

딱히 맥락이 정리된 것도 아닙니다.

저기 등대가 보인다며 등대의 역사와 의미를 길게 말하고, 배 앞에 암초 있다며 어떤 암초인지 또 길게 말하는 식입니다.

얘기가 도무지 끝나질 않으니 독자는 폭풍우치는 바다 위 뱃전에 묶여있는 기분입니다. 진짜 소름끼칩니다.

아, 좀만 더 말하고 풀어준다고ㅋㅋㅋ

배 이야기가 끝나면 이미
200페이지가 넘어갑니다.

다음엔 포틀랜드 해안을 헤매는
그윈플레인 이야기를 지겹도록
오래 합니다.

으, 추워... 너무
먼 길을 왔어.

나도 너무
먼 길을 왔다.

그윈플레인과 우르수스가
간신히 만나면 이제
잉글랜드 상류층 이야기를
140페이지쯤 합니다.

슬슬
아시겠습니까?

이 책은
등장인물도 불행하고
독자도 불행한데
작가 본인만 할 말 다해서
좋아죽는 소설입니다.

작가 빼고 모두가
불행한 소설입니다.
그렇게밖에 설명이
안 됩니다.

하지만 저는 이 책을 너무나 좋아합니다.

엄청 잘 썼으니까요! 욕하면서도 결국엔 용서할 정도로!

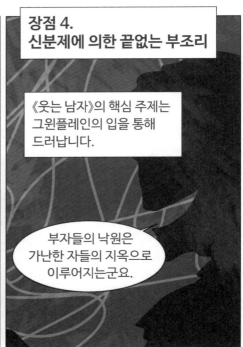

장점 4.
신분제에 의한 끝없는 부조리

《웃는 남자》의 핵심 주제는 그윈플레인의 입을 통해 드러납니다.

부자들의 낙원은 가난한 자들의 지옥으로 이루어지는군요.

그 말대로 이 책은 귀족 사회의 부조리를 끊임없이 말합니다.

작중 평민들은 끝없는 가난에 시달리며 사소한 잘못 하나로도 목숨이 왔다갔다합니다.

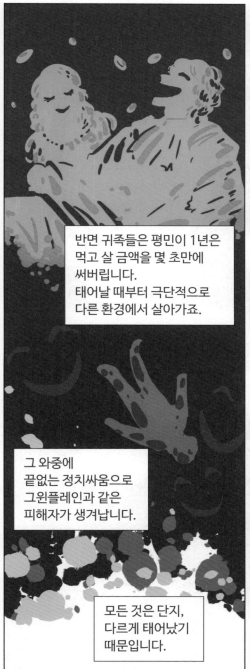

반면 귀족들은 평민이 1년은
먹고 살 금액을 몇 초만에
써버립니다.
태어날 때부터 극단적으로
다른 환경에서 살아가죠.

그 와중에
끝없는 정치싸움으로
그윈플레인과 같은
피해자가 생겨납니다.

모든 것은 단지,
다르게 태어났기
때문입니다.

슬슬 알겠지?

내 작품세계는
계급 사회와 혁명이
가장 큰
키워드라는 걸.

젊을 때 썼던
《파리의 노트르담》이
중세의 계급
사회라면

나이들고 쓴
《레 미제라블》,
《웃는 남자》,《93년》은
근대의 계급 사회에
대해 이야기하고
있어.

태생에 따라 갈리는 운명, 그 부조리함은 역사의 핵심이야.

결코 놓칠 수 없는 이야기지.

오호! 《93년》은 잘 알려지지 않은 작품이지만...

번역이 나와있네요?

《웃는 남자》 시작할 시점에 떡밥 던진 작품인데, 그건 프랑스 혁명이 배경일세.

내 마지막 장편소설이기도 하고.

프랑스 배경 작품은 어김없이 '혁명'이라는 키워드가 등장하는군요.

매력적인 키워드지만, 《웃는 남자》는 영국 배경이라 딱히 넣을 혁명이 없더라고!

...

왜 그렇게 보나?

단점 4.
영국에 대한 끝없는 악의

19세기 작품 보고 이런 비판하는 게 웃기긴 하지만요...

외국 배경으로 소설을 쓴다면! 좀 중립적으로 접근하면 좋겠어요!!

일단 살펴봅시다. 프랑스 작가가 근대 영국을 배경으로 창작했네요. 참 흥미롭습니다.

정반대의 사례는 찰스 디킨스의 《두 도시 이야기》일 것 같습니다. 그건 영국 작가가 근대 프랑스를 배경으로 창작한 케이스죠.

A Tale of Two Cities

두 작품 모두 가혹한 계급 사회의 폐해를 이야기합니다.

이 사회는 가난한 자들에게 지옥이야!

하지만 차이가 있다면-

디킨스는 혁명이 과열되어
생겨난 피해에 좀 더 초점을 맞추고

하지만 귀족이라는
이유만으로 처형하다니...
이건 너무 나갔지?

씨 뿌린 데 싹 난 거지만
꼭 이런 식으로 과격해야
했을까?

위고는 혁명의 당위성에
초점을 맞춘다는 거죠.

씨를 엄청 뿌렸잖아!
끝도 없이 뿌렸잖아!
오죽하면 우리가 왕 목까지
댕겅했겠냐!

아니, 영국은
2020년대에도 왕이
있고 귀족도 있네?
너네도 징하다 진짜!

온건파와 과격파의 차이랄까요.
두 작품을 함께 보면 영국인과
프랑스인의 견해 차이도 보여서
재밌습니다.

또 하나 재밌는 점은,
두 작품 모두 외국인에 대한
고증을 참 못했다는 겁니다.

뭐?

사람은 누구나
자기 중심으로
생각합니다.

그래서 한국인이 쓴
소설에 나오는 미국인은
한국인처럼 말하고,
현대인이 쓴 소설에 나오는
조선시대 사람은
현대인처럼 말하죠.

아이고
사장님 —
왜 이러세요 —

대문호인 두 분도
이 오류를 벗어나지
못하셨습니다!

《두 도시 이야기》에 나오는
프랑스인들은 사실상
영국인이고,《웃는 남자》에
나오는 영국인들은 사실상
프랑스인이었다고요!

175

뭐 얼마나 어색하다고 제3자인 네녀석이 지적하지?

예시 좀 가져와봐

거 가정해봅시다.

일본인 작가가 조선 배경으로 조선인들 대화를 쓰는데

저는 도무지 알 수 없습니다, 선생님.

이렇게 뽑히면 그게 신경이 안 쓰이겠습니까!

이해는 했다!! 하지만 그런 고증은 어려워!

하지만 하지 않을 수 없는 일이라네.

어머, 당신도 참. 그만두세요, 그런 일은.

그 어려운 걸 해낸 내가 새삼 대단하게 느껴지는구만.

그러니까 이탈리아 작가가 영국인 말투를 완벽히 구현한 우주명작 《장미의 이름》을 읽으라고!

어디서 나오셨죠?

첫 단행본 참고!

여기까진 사실 별 문제 아닙니다. 그냥 해프닝이에요.

진짜 문제는, 이 책에서 한도끝도 없이 나오는 영국을 비하하는 발언 입니다.

위고 님. 왜 실제하지도 않았던 인체개조 인신매매 조직이 영국 왕실과 결탁해서 활개 쳤다고 쓰신 거죠?

왜 영국의 앤 여왕이 못생기고 덕도 없고 졸렬하다고 밑도끝도 없이 강조하시는 거예요?

177

《웃는 남자》리뷰- 끝

웃는 남자

The Man Who Laughs

1869년 초판 커버

빅토르 위고(Victor Hugo), 약 500페이지
아.리크루아, 베흐보코펜 & 씨 (A. Lacroix, Verboeckhoven & Cie), 프랑스 파리

얼굴이 흉측하게 웃는 모습으로 찢어진 남자 그윈플레인의 삶을 다룬 소설.
그윈플레인은 곡예사로 성공하지만,
출생의 비밀과 사회적 신분이 밝혀지면서 비극적인 운명을 맞이한다.

"샤토브리앙(당대의 작가이자 정치가)이 될 것, 그게 아니면 아무것도 아니다." 10대 때 일기장에 이런 문장을 적으며 장차 대문호가 될 것을 다짐한 빅토르 위고는 뜻대로 프랑스 문학의 거장이 되었다. 나폴레옹 3세의 쿠데타에 반발하다가 1851년에 추방 당해 영국 해협의 건지섬에서 19년간 망명 생활을 했다. 이때 《레 미제라블》과 《웃는 남자》 등의 명저가 탄생했다. 1870년 나폴레옹 3세의 몰락 이후 민중의 열렬한 환호 속에 파리로 돌아와 평온한 만년을 보냈다.

《웃는 남자》는 위고 특유의 시적이고 감성적인 문체와 휴머니즘 정신이 돋보이는 작품이라는 평가를 받았다. 인간 본성에 대한 깊은 고찰과 심오한 감정 표현으로 국제적인 명성을 얻었으며, 영화와 연극으로도 수차례 만들어졌다.

키두니스트의 작업 코멘트

*

저의 최애 프랑스 작가! 꾸준히 읽히긴 했지만 또 완전 인기작은 아닌 요상한 작품이에요. 개인적으로 그 매니악함에 매력이 있다고 생각합니다. 테마 컬러는 붉은색입니다. 위고의 작품은 언제나 붉은색이 어울리지요. 최근에 리뷰했던 작품인지라 작화 수정은 없다시피 합니다. 하지만 대신! 분량이 굉장히 많습니다! 이런 걸 보면 매 에피소드마다 노동의 총량은 비슷하군요.

5

---❦---

금각사

나는 거지반 절망에 빠져 기다리며,
이 초봄의 하늘이 흡사 반짝이는 유리창처럼
내부를 보여주지는 않지만 내부에는
불과 파멸을 감추고 있다고 믿으려 했다.

미시마 유키오 저, 허호 역
웅진지식하우스(2017), 71p

금각은 언제나 그 자리에 있었다.

금각은 언제나 다른 모든 것을 압도하며 존재하리라.

본질은

인식 너머에 존재하는 것.

본질은

행동에 깃든 것.

金閣寺

안온하게 자리잡은 미의 장벽

- 《금각사》 리뷰 -

여기 한 작가가 있습니다.

Mishima
Yukio
1925~1970

그는 글 잘 쓰는 미친ㄴ

이 아니라, 참으로 기묘한 천재입니다.

본심 나오지 않았나요, 방금

글은 미치도록 잘 써서 문장력만으로 눈물이 흐를 정도인데, 작가의 행적을 생각하면 나오던 눈물도 말라버리죠.

좋아하는 작가 있어요?

미시마... 유키오...

억ㅋㅋ컬ㅋ

하지만 또 글은 너무 좋기 때문에

HA
HA
HA

어쩌다 이런 천재가 그 모양이 됐나 하고 다시 눈물을 흘리게 됩니다.

그 작가가 쓴 근현대 일본 최고의 명작-

《금각사》 리뷰를 지금 시작하겠습니다.

그 전에 부연설명을 하죠. 이 작품은 도저히 작가를 빼놓고 갈 수가 없으니까요!

작가 미시마 유키오의 본명은 히라오카 기미타케입니다. 그는 스펙만 보면 엘리트의 첨탑입니다.

소싯적엔 병약했지만 도쿄대 법학부를 졸업하고 고등문관시험을 합격했죠.

한국으로 치면 서울대 출신 행정고시 합격자!

그러나 문학에 대한 열의 때문에 공무원을 그만두고...

공부가 제일 쉽긴 하지만-

소설로 전국을 제패합니다.

글 잘 쓰는 것도 쉽거든.

미시마는 천재다!

분명 나중에
노벨상 탈 거야!

날 가져요, 엉엉

정말이지 기만자 그 자체죠.
다만 처음부터 약간
괴상하긴 합니다.

面の
告白

초기작부터 본인의
동성애 성향과 성적 취향을
노골적으로 드러내거든요.

그걸 보여주는 초기 대표작이
《가면의 고백》입니다.

수려한 필력으로
자신이 어릴 때부터
남체에 관심이 있었음을
고백하는 내용이죠.
이야기 자체는 단조롭고
거의 에세이에 가깝습니다.

189

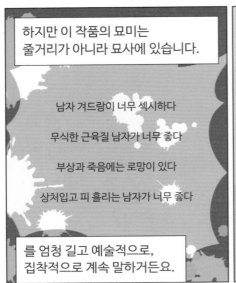

하지만 이 작품의 묘미는
줄거리가 아니라 묘사에 있습니다.

남자 겨드랑이 너무 섹시하다

무식한 근육질 남자가 너무 좋다

부상과 죽음에는 로망이 있다

상처입고 피 흘리는 남자가 너무 좋다

를 엄청 길고 예술적으로,
집착적으로 계속 말하거든요.

어떤 분들은

미시마는 한때
얌전한 문학청년이었는데
30대 이후로 이상해졌어.

라고
하시는데요.

제 생각엔 그냥
처음부터 이상했습니다.

싹수가 너무 보여.

할복자살의 싹수가...

초기엔 자기 취향을
글로만 썼다면
나이가 좀 든 뒤에는
행동으로 보여줍니다.

서른이 넘은 미시마는
헬스도 하고 근육도
키웁니다.

반나체로 화보도 찍습니다.
정치적으로는 완전히 극우가 됩니다.

우울증 따위!!
체조하면 낫는다!!

좌익에는!!
남자의 매력이 없다!!
할복은 로망이다!!

섬세한 문학청년이 극우 헬스맨으로 암흑진화한 거죠.

그리고 살다가 말년엔
평소 동경하던 대로
배를 찔러 자살합니다.

사람들이 다 보는 데서요.

대뜸 뛰어들어 평화헌법 개정과
자위대 각성을 촉구하며
연설한 직후에 말이죠.

이 고어쇼를
직관한 우리는

끄어억

푸슉

대체 무슨 죄야...

어-
사람이 어떻게
완벽하겠어요
그쵸?

엄청 똑똑하고
글도 엄청 잘 쓰면
성격이라도 이상해야
밸런스가 맞는 거죠.

어쨌든 행적이 이렇다 보니
미시마는 네임밸류에 비해
한국에서 유명하지 않습니다.

최근에야 슬슬
번역이 되는 수준입니다.

아, 그 ㅇㅇ놈...?

군국주의자...?

하지만 글을 읽어본 사람은
하나같이 인정하죠.

엄청
잘 쓰긴 하지...

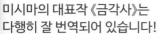
미시마의 대표작《금각사》는
다행히 잘 번역되어 있습니다!

단언컨대 그 인간이
할복 안 하고 살았다면
《금각사》덕에 노벨문학상을
탔을 걸!

그 정도야?

그 정도다.
난 그렇게 생각한다.

막 읽었을 당시의 감상

그럼
본격적으로
줄거리를 소개-

하기 전에!

또 뭐?!

경고를
하겠습니다.

각 잡고 이 책을 리뷰하려면 스포일을 할 수밖에 없습니다.

그러니 금각사의 후반부 내용을 절대 알고 싶지 않은 분은! 나가서 책을 읽고 와주세요!

하지만 너무 걱정하진 마세요. 교토에 실제 존재하는 금각사에 대해 조금이라도 아신다면-

이 책의 내용 역시 쉽게 짐작할 수 있으니까요.

... 다 나가셨죠?

그럼 바로 말하고 시작합니다.

녹원사, 혹은 금각사라는 별칭으로 불리는 교토의 사찰이 있습니다.

14세기 즈음 완성되었으며 초기엔 주거용 건물이었으나 후일 사찰로 바뀌었습니다. 1950년까지만 해도 사람들은 금각사의 고즈넉한 누각을 볼 수 있었죠.

그만큼 유서 깊은 문화재이며, 지금도 일본 학생들의 수학여행 단골 코스입니다.

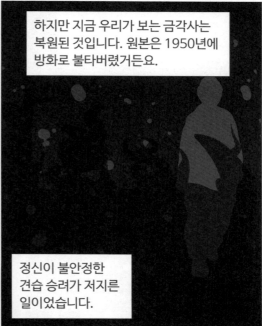

하지만 지금 우리가 보는 금각사는 복원된 것입니다. 원본은 1950년에 방화로 불타버렸거든요.

정신이 불안정한 견습 승려가 저지른 일이었습니다.

심지어 복원을 괴리감 들게 해 놔서 현대인들은 금각사가 불타기 전의 모습을 영영 못 보게 됐죠.

삐까

번쩍

으아악 이게 아냐

이걸 먼저 말씀드리는 이유는요. 금각사 방화 사건이 곧 소설의 뼈대이기 때문입니다.

이거다!

모든 일은 주인공 '미조구치'에 의해 시작됩니다.

그는 보잘것없는 소년으로, 다소 못생긴 외모에 말더듬이입니다.

스펙이 왜 이러냐.

특기할 점이 하나 있다면 승려의 아들이라는 것이죠.

미조구치의 아버지는 작은 절의 주지였습니다.

아버지는 병약하지만 좋은 사람으로, 일찍이 아들에게 금각에 대한 이야기를 합니다.

교토에 있는 금각사는 최고로 아름답단다.

와...

금각사는 절대적인 미의 기준이고 모든 것의 중심이고 다른 모든 걸 압도하고 그냥 뭐 아름다움의 대명사구나!

...혹시 내가 지금 뭔가 돌이킬 수 없는 말을 해버렸니?

아버지의 영향으로 미조구치는 금각에 대해 절대적인 환상을 품었으며

자연스레 장래가 정해집니다.

자네! 나처럼 군인이 되지 않겠나?

저는 중이 될 겁니다.

스님이 결혼하고 아이를 가지는 게 생소하지만, 불교는 종파에 따라 결혼이 가능하기도 합니다!

특히 일본 작품에선 곧잘 절간의 자제분들이 등장하죠.

이런 미조구치는 일찍이 학교에서 따돌림을 당합니다. 말더듬이에다 승려의 아들이란 특수성 때문이었죠.

게다가 군국주의가 한창이던 당시 일본은 남자답고 강한 성격이 존경받았는데, 미조구치는 성격마저 의뭉스러웠습니다.

말더듬이가 인싸가 되겠냐?

애초에 말하기가 어려우니 입을 다물고, 모든 심리가 안으로 고이는 거지.

이런 베이스로 친구도 못 사귀니 미조구치는 소위 찐따 성격에 근접해갑니다.

괜찮아. 남에게 이해받지 못한다는 점이 나의 긍지야.

이 말은 작품의 중요한 키워드가 됩니다.

그러던 어느 날 그의 인생은 크게 바뀌는데-

녹원사의 주지가 아버지 친구란다.

같이 교토로 가자. 금각을 보러 가자.

쇠약해진 아버지가 미조구치를 금각사의 주지에게 맡긴 것입니다.

알았네,
내가 책임지지.

금각은 항상
꿈 속 존재였는데...
그 옆에서
평생 살게 되다니.

내가 만약
주지가 된다면
금각도 내 것이
되는 걸까?

미조구치는 임종을 앞둔 아버지보다도
금각에 더 사로잡힙니다.

비록 직접 본 금각이
환상만큼 아름답진
않았지만요.

하지만 그의 집착 어린 시선은 곧 실제 금각도 절대적인 아름다움으로 바꾸어 놓습니다.

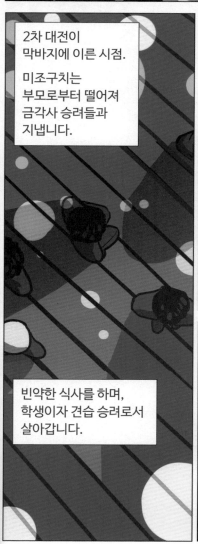

2차 대전이 막바지에 이른 시점.

미조구치는 부모로부터 떨어져 금각사 승려들과 지냅니다.

빈약한 식사를 하며, 학생이자 견습 승려로서 살아갑니다.

미 그 자체인 금각. 저토록 아름다워서 나머지 모든 것을 압도하는 금각은...

조만간 없어져버리겠지.

일본 곳곳이 공습으로 불타고 있으니까, 교토 역시 공습에 휘말려 잿더미가 될 거야.

비로소 금각은
형태에 속박되지 않고
자유로워지겠지.

비극적이고 장엄한
종말을 맞겠지.

압도적인 미는
그렇게 사라져버리겠지.

몽상하길 좋아하는 미조구치는
'금각'과 함께 '비극'에도
애착을 갖고 있었죠.

게다가 그다지
아름답지 않은 자신에 비해
완벽한 금각의 모습은
어떤 조바심을 불러일으켰고

그는 운명에 의해 끝장나는
금각을 상상했습니다.

하지만—

전쟁이 끝났다.

징집당할 걱정은
안 해도 되겠네.

미국이 사린 덕에
교토까지는 공습이
미치지 않았어.

금각은 사라지지 않았다.

이상, 대략적인 줄거리였습니다.

가타부타 할 것 없이 특징으로 가겠습니다!

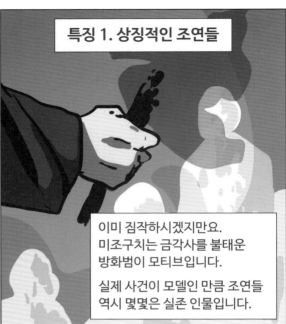

특징 1. 상징적인 조연들

이미 짐작하시겠지만요. 미조구치는 금각사를 불태운 방화범이 모티브입니다.

실제 사건이 모델인 만큼 조연들 역시 몇몇은 실존 인물입니다.

다만 근본은 소설인지라 비중 높은 조연은 전부 창작이고요.

실존 인물 역시 소설 속과는 성향이 다릅니다. 하나씩 살펴보겠습니다.

가장 먼저 말할 인물은 뭐니뭐니해도 쓰루카와입니다.

있는 집 자제이고 수련을 위해 금각사에 도제로 들어와 있습니다.

안녕, 미조구치.

아버지가 돌아가셨다고? 슬프겠구나. 괜찮니?

작중 최고 인격자고 그만큼 배려심이 깊습니다. 덕분에 사회성 없는 미조구치와 처음으로 친구가 됩니다.

짓궂은 애들만 보아왔던 미조구치에게 쓰루카와는 컬쳐쇼크 그 자체였죠.

내, 내가 말 더듬는 거 짜증나지 않아?

나 그런 거 신경 안 쓰는데!

쓰루카와의 강점은 단순히 착한 것뿐만 아니라 순수하고 밝은 마음을 지녔다는 겁니다.

사고회로 자체가 건전해서 미조구치가 어떤 말을 해도 좋게좋게 해석해 줍니다.

덕분에 미조구치는 쓰루카와를 절친 겸 번역기 느낌으로 대하죠.

다만 모든 사람이 그렇듯, 쓰루카와도 여러 가지 면이 있습니다.

예시: 미조구치가 어머니에게 불려감

(어머니한테 쌓인 게 있고 꼴보기 싫으니까) 천천히 발을 끌면서 갈 거야.

발이 불편한 척해서 엄마한테 어리광 부리려는 거구나?

두 번째로 말해야 할 사람은 가시와기입니다. 미조구치가 교토의 대학에 진학하고 사귄 친구입니다.

미조구치 입장에선 쓰루카와 이후 처음으로 사귄 친구죠.

대학에 왔으니까 각자 새로운 친구를 만들자고!

어떻게?!

하지만 쓰루카와와는 경우가 많이 다른데요.

친구를 만들었다고? 잘됐-

뭐? 가시와기? 하필...?

가시와기는 시니컬하고 자존심 강한 성격입니다. 자신이 안짱다리라는 것에 콤플렉스가 있죠.

너, 내가 같은 불구자라는 이유로 친해지려 하는 거냐? 정말이지 터무니 없군!

너 동정이지? 좋아, 안 물어봤지만 지금부터 내가 어떻게 동정을 잃었는지 말해주지.

나에 대해서는 앞으로 차차 알게 될 거다!

친해지기 쉽네 이 녀석...

미조구치와 마찬가지로 가시와기는 콤플렉스로 인해 삐뚤어진 면이 있습니다.

그는 자신보다 훨씬 우위에 있는 여자들과 사귄 뒤 그녀들을 매몰차게 차버립니다.

시도때도 없이 남을 비평하고 자기만의 불 같은 철학을 늘어놓습니다.

세상에 사랑은 존재하지 않고, 우리는 변하기 마련이고,

남는 것은 인식뿐이야.

한편으로는 미조구치처럼 미를 탐구하기도 합니다.

하지만 건물처럼 공고한 미가 아니라 꽃꽂이, 음악처럼 곧 사라지고 시들어버리는 미에 집착하죠.

재밌는 건 가시와기가 삐뚤어진 면은 있지만 생각보다는 괜찮은 사람이라는 거예요.

아름다움은 곧 스러지는 거야. 미인들도 언젠가 노파가 되듯이...

쓰루카와가 너무 빛이라서 가시와기가 자칫 그림자로 보일 수 있지만 보다 보면 그림자보다는 그냥 '인식 추구자'에 가깝습니다.

게다가 다 읽고서 따져보면 가시와기가 꽤나 좋은 친구라 당황스러워요.

예쁜 여자 소개해 줄게. 함 꼬셔봐라.

퉁소 하나 선물로 줄게. 연주법도 가르쳐 주지. 고맙지?

돈 빌려달라고? 좋아. 대신 이자 좀 붙인다?

그리고 결정적으로, 주인공보다는 정상인이에요!

너 뭐 이상한 생각하는 거 아니지?

너 요새 수상하다. 뭔 짓 하려는 거 같은데 그러지 마라.

그리고 빌려준 돈 갚아, 빨리.

하지만 결과적으로 미조구치의 행보에 영향을 준 건 맞습니다.

이건 뒤에서 자세히 이야기하기로!

미조구치의 부모와
금각사의 주지 또한
중요한 조연입니다.

병약한 아버지,
가난하고 초라한
어머니...

혈육인 만큼
최소한의 정은
느끼지만
그게 다야.

그리고 주지는
설탕 과자처럼 살찐
부조리한 사람이지.

돈은 많으면서
베풀진 않고
기생이랑 놀고.

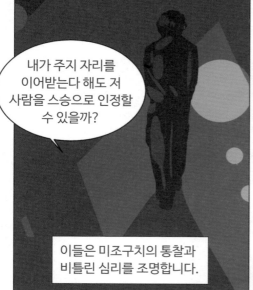

내가 주지 자리를
이어받는다 해도 저
사람을 스승으로 인정할
수 있을까?

이들은 미조구치의 통찰과
비틀린 심리를 조명합니다.

나름대로 다 이유는 있기에
미조구치가 마냥 부정적인
건 아닙니다.

온갖
수상한
이야기를

실제 금각사의 주지는
검소한 스님이었다고
합니다! 소설에서는
땡중처럼 나오지만요.

그 외에 여자들이 등장합니다.
가장 먼저, 우이코입니다.
미조구치가 어렸을 때
한 마을에 살았던 소녀로,
이런저런 사건을 거쳐
현재는 고인입니다.

그리고 군인인 연인을 배웅하는 여자,
가시와기와 사귀던 소녀,
매춘부 등 별별 인물이 다 등장하죠.

이들은 미묘하게
미조구치와 엮입니다.

나 설정상
못생겼다며?
왜 이리 여자가
잘 꼬이냐?

그러나 제대로 된 러브스토리는
없습니다. 여자들은 단지 하강,
소멸의 이미지만을 남깁니다.

아니, 이 모든 것이
'소멸하는' 이야기이죠.

특징 2. 무너지는 과정

금각을 미의 절정으로 여긴 자가 그걸 불태우는 스토리는 어떨까?

잘만 하면 탐미주의 명작이 될 거야.

미시마는 금각사 방화범에 어느 정도 자신을 이입하여 미조구치를 창작했습니다.

그래서 모든 내용은 미조구치의 복잡한 심리가 중심입니다.

재밌는 건, 의외로 초중반까지는 얘도 겉보기에 평범한 사람이었단 거예요.

시키는 건 다 곧잘 해요. 친구는 못 만들지만.

미조구치요? 성실한 소년입니다. 대학에도 보낼 거고요. 계속 잘하면 제 후계자로 삼으려 합니다.

하지만 일련의 사건을 겪으며 금각에 집착하고 여러 주변 인물의 영향으로...

그는 점차 무너져 갑니다.

어쩌면 어릴 적부터
정해졌을지 모를 타락이었죠.

성품이야 어쨌든
미조구치에게
관대하게 대하던
주지 입장에서
열불 날 일입니다.

너 왜 요새
공부도 안 하고
학교도 안 가고
나한테 띠껍게
대하냐...?

느이 아버지가
그렇게 가르치던?

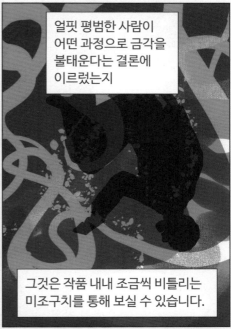

얼핏 평범한 사람이
어떤 과정으로 금각을
불태운다는 결론에
이르렀는지

그것은 작품 내내 조금씩 비틀리는
미조구치를 통해 보실 수 있습니다.

재밌는 건
미조구치뿐 아니라
많은 인물이
심리적으로 무너졌거나,
아니면 적어도 무너지고
있다는 건데요.

당장 가시와기는 무언가가 무너지고 사라지는 걸 즐기는 타입입니다.

나 꼿꼿이하게 사찰에서 꽃 좀 훔쳐와 봐.

나더러 도둑질을 하라고? 그것도 곧 시드는 꽃꽂이를 위해?

미조구치의 부모님은 진작부터 생기와는 거리가 먼 사람들이었고요.

아버지 돌아가시고 절은 팔았어. 그리고 나는 가난하게 더부살이하고 있단다.

내가 자라온 집이 사라지다니!

결국 내 속에 남은 부모님의 인상은...

시체가 된 아버지와 검게 찌들고, 지친 얼굴의 어머니뿐.

여자들 역시 시련을 겪으면서
정신적 기둥이 무너지고 있죠.

전쟁에 나간
연인은 죽었고요.
임신했던 애는 사산해
버렸어요.

이제 그냥 되는 대로
살 수밖에.

탈영병과 몰래
연애했다지?
당장 네 애인이
어딨는지 말해.

말할게요...

혹은 좀 더 물리적인 폭력에
무너지기도 합니다.

이런 사건과
거리가 멀 것 같은
쓰루카와마저
예외는 아닙니다.

이 여자
배를 밟아.

결국 금각사의 모든 이야기는 하강하는
서사입니다. 발전과 희망보다는
절망에 초점을 맞추고 있어요.

그리고 이상하게도, 미조구치가
그나마 나아가려 할 때는
금각이 가로막습니다.

여자랑 자려고
할 때마다 눈앞에
금각사가 떠오르는
바람에 여지껏
동정입니다.

웃음참기 Lv.999

금각은...
내가 어릴 때부터
거대한 벽처럼
버티고 서서,
다른 모든 걸
무가치하게
만들었어요.

이미 몇 백 년을 버텼고
전쟁에서마저 살아남았죠.

이대로면 사람들 뇌리에
금각은 언제나 당연하게
그 자리에 있는
존재일 거예요.

금각이 없는 세상은
아무도 상상조차
하지 못할 거예요.

하지만 정말로
어느날 금각이
없어지면-

세상은 금각이
있는 세상에서
없는 세상으로
변화할 겁니다.

사람들은 어떤
교훈을 얻겠죠.

완벽한
아름다움조차
영원하진
않다는 걸.

그리고
가시와기와 달리
저는...

행동이 중요하다고
생각합니다.

애초에 이게 쉬운 소설이 아니에요. 개똥철학 같은 발언도 굉장히 많고 불교적인 담론도 수없이 나옵니다.

저도 두 번 읽고서 겨우 이 정도로 감상을 정리한 거고요.

...

책에 나오는 말을 전부 이해하려고 하지 마세요.

그러니까 앞부분 말들은 참고만 해주시고...

일단 즐겨주세요. 미시마의 아름다운 글을!

특징 3. 탐미적인 필력

잘 쓰면 됩니다.

어쨌든 요지는 이겁니다.
저런 플롯에도 불구하고
미시마는 글을
유려하게 잘 써서
자기 작품을 고전의
반열에 올렸다는 거죠.

그의 문장력은 역대
일본문학을 통틀어
탑 클래스예요.

직접 보시겠습니다!

말더듬이가 첫 마디를 소리 내고자
몹시 안달하는 시기는 마치
내부 세계의 은밀한 끈끈이로부터
몸을 떼어내려고 버둥거리는
새와 흡사하다.

나는 사진의 음화이고
그는 양화였다.
한 번 그의 마음으로
여과됨으로써
나의 어둡고 혼탁한 감정이
하나도 남김없이
투명한 빛을 발하는 감정으로
변화하는 것을
몇 번이나 놀라움으로
바라보았던가?

그는 주장하는 그림자,
아니, 존재하는 그림자
그 자체였다.
햇빛은 그의 단단한
피부 아래에
스며들지 못함에
틀림없었다.

보시다시피
문장이 짧지 않고
섬세하게,
유려하게 꾸미는
스타일입니다.

미시마 본인이
가냘픈 로맨티시즘에
심취한 만큼
글도 굉장히
탐미적이에요.

미술관 그림 보듯이
즐길 수 있는
문장력입니다.

플롯도 괴상하지만
《금각사》는 은근 수위 높은
묘사도 많은데요.
읽다 보면 이 부분도
필력으로 커버해줍니다!

아무튼...

조금 부족할지 모르지만, 미시마 유키오의 대표작 《금각사》 리뷰를 마무리했는데요.

하지만 미시마의 대표작은 이것만이 아닙니다.

번역이 덜 돼서 그렇지 상당히 다양하고 모두 좋은 평가를 받고 있어요.

언젠가 그의 명작들이 훌륭하게 번역되길 바라며-

다음을 기약하겠습니다.

그래서 작가님은 교토 여행 가서 금각사를 보셨나요?

안 봤어! 보이콧했어! 내 마음속 금각사는 그렇지 않아!

《금각사》 리뷰- 끝

금각사

The Temple of the Golden Pavilion

1956년 초판 커버

미시마 유키오(Yukio Mishima), 약 300페이지
신초샤(Shinchosha), 일본 도쿄

절름발이 소년 미조구치가 금각사에 입사하여 절의 아름다움에 매료되지만,
그 아름다움이 그를 점점 파멸로 이끈다.
금각을 향한 탐미적 시선과 그 내면의 갈등을 그린 소설

소설가, 극작가, 시인으로 미시마 유키오의 진취적인 문학 작업과 독특한 삶의 방식은 그를 일본 대중문화의 아이콘으로 만들었다. 《금각사》는 출간 첫해에만 1만 부 이상 팔렸고, 문학적으로도 높은 평가를 받은 작품이다. 미시마 유키오 작품은 대부분 영어로 번역되었으며 노벨 문학상 후보에 두 번이나 지명되었다. 그의 국제적인 명성은 빠르게 확산되었고, 잡지 《에스콰이어》가 선정한 '세계의 100인'에 처음으로 등재되어 해외 텔레비전 프로그램에 출연한 최초의 일본인이기도 했다.

흥미로운 일화 중 하나는, 그가 자신의 육체를 예술로 승화시키기 위해 끊임없이 단련했다는 것이다. 매일같이 체조와 검도를 수련하며, 자신의 신체를 사진 작품으로 남기기도 했다. 이러한 행보는 그의 작품에 나타나는 육체적 아름다움과 정신적 강인함에 대한 집착을 잘 보여준다.

키두니스트의 작업 코멘트

*

서양권에서 훨씬 유명한 작가인 미시마 유키오의 작품입니다. 테마 컬러는 말할 필요도 없이 붉은색입니다. 불타는 듯 광기어린 느낌을 살리려고 노력했습니다. 마찬가지로 주연들의 생김새에 신경을 썼습니다. 각자의 개성이 드러나는 캐릭터 디자인이 생각보다 어려웠습니다. 특히 미조구치! 적당히 못생긴 얼굴은 참 그리기 어렵더라고요.

6

아르센 뤼팽 대표작

도대체 왜 한정된 모습만을 가져야 하는 거지?
늘 똑같은 성격을 굳이 왜 고집해야 하느냐 말일세.
어차피 내가 저지른 행위들만으로도
충분히 나라는 사람이 떠오를 텐데 말이야.

《결정판 아르센 뤼팽 전집 1》, 모리스 르블랑 저, 성귀수 역
북이십일 아르테(2018) 120p

...

제가
이 도둑놈 캐릭터를
처음 접한 게
언제였을까요...

초등학생 때 학급문고에 있던
《기암성》을 꺼내든 게
시작이었겠죠.

글씨 많고
두꺼운 책 =
멋있다!!

그때부터 저는 기묘한
인지부조화를 느꼈습니다.

뭐지? 분명
재밌어야 하는
내용인데

왜 이리
읽기 힘들지?

그리고 분명 뤼팽 책인데
홈즈가 튀어나오는 걸 보며

아! 콜라보했구나!

고전문학도
콜라보를 하네?
신기하다

정도로 이해했습니다.

다만 등장하는 홈즈가
홈즈 같지도 않은지라,
너무 못 만든 콜라보라고
생각했죠.

차마 상상도
못 했던 겁니다.
유명 작가가 다른 작가의
캐릭터를 무단으로
도용했으리라고는!

좀 더 자란 뒤 저는 셜로키언*이 되었습니다.
뤼팽 시리즈 작가인 모리스 르블랑이 멋대로
홈즈 캐릭터를 도용해 써먹었다는 것도 알았습니다.

미쳤냐?!

히히, 뤼팽 최고!

* 아서 코난 도일의 소설 주인공 셜록 홈즈의
열렬한 팬들을 일컫는 말

당연히 그때는 분노했습니다만...

뤼팽 시리즈를 꾸준히 읽으며 이 도둑놈과 함께 온갖 풍파를 떨치고 나온 지금은 압니다.

하하하!
그렇게 내 전기를
계속 읽고 싶었나?

이거 이거
너무 사랑받아도
문제라니까 하하하!

'홈즈 도용'은 그냥,

수백 가지 문제점 중
하나에 불과하다는 걸.

아이고
이 난리통 속에서도
잘생긴 내 얼굴 좀 보게!

죄 많은 남자
아르센 뤼팽이라네!
하하하

Arsène Lupin
엉망진창 끝에 남은 것은 낭만뿐
-아르센 뤼팽 대표작 리뷰-

이 리뷰는 여타 편들과는
좀 다릅니다.
이건 제 경험의 기록입니다.

특정 캐릭터에 대한 애증이 켜켜이
쌓인 끝에, 결국 정신이 오염되어
사랑으로 변화하는 기이한 기록이죠.

전 지금 이 순간에도
계속 뤼팽만 생각납니다.
이게 사랑 아닐까요?

너 그거 병이야

일단 말씀드리고 시작합니다.
뤼팽 시리즈는 엄청 많습니다!
두꺼운 결정판으로도
10권이나 되죠.

그래서 부득이하게...

저는 그 중에서
많이 알려진
대표작들만
읽었습니다.

- 기암성
- 813
- 수정마개
- 그 외 단편들

정확히는 초반 3권만 읽고 왔어요.
다행히 많이 알려진 작품은
이쪽에 몰려 있습니다.

《셜록 홈즈와의 대결》,
《기암성》,《813》,《수정 마개》
등이 초반 3권에 있어요.
그만큼 한 권 한 권이 두껍습니다.

이번 리뷰는
줄거리 소개 전에
특징부터
말씀드리겠습니다.
마음의 준비가
필요하거든요.

특징도 두 갈래로 나누겠습니다.

리뷰하면서 특징을 이런 식으로 쓰는 건
처음인데요. 뤼팽만큼은 그래야 할 것
같습니다.

1. 주인공 특징
2. 줄거리 특징

첫 번째는 주인공 아르센 뤼팽의
특징입니다.
기본적인 정보는 이러합니다.

나이 불명

본명 불명

맨얼굴 불명

직업 도둑

...?

여튼 그렇다니까 넘어가고요. 특징을 보겠습니다.

* 결정판에서 뤼팽의 작품별 나이와 과거사가 나옵니다. 하지만 큰 의미는 없음

특징 1. 폼!생!폼!사!

왜 도둑 주제에 멀끔한 정장을 선호하시죠?

멋있으니까!

왜 변장을 해도 8할은 잘생긴 젊은 남자 모습인 건가요?

본판이 잘생겨서 변장해도 미모가 뚫고 나오는 것!

왜 도둑질할 거라고 온 파리 시내에 광고하시는 거죠?

물건이 준비되면 찾아감 —아르센 뤼팽

난 파리의 아이돌이니까!

아마 가장 두드러진 특징일 겁니다.
뤼팽은 도둑 주제에 멋내다가
목숨까지 팔아넘길 위인입니다.
심지어 진심으로
죽고 싶어할 때가 있는데...

돈 좀 있어 뵈는군?
어차피 죽을 거면
가진 거 다 내놔!

그때마저 멋 욕심을 놓지 않죠.

'좌절해서 죽고 싶은 나'에
한창 심취해 있는데
어딜 강도 나부랭이가
수작질이야?

보통은 주책으로 끝나겠지만
뤼팽은 특유의 센스가
워낙 압도적이고 외모가 받쳐줍니다.

그래서 도둑이지만 파리 시민들에게
사랑받고 있습니다.

도둑인데
이렇게 멋짐을
강조해도 됩니까,
르블랑 씨?

음- 설마 소설에서 도둑을 미화한다고 도둑질을 하려는 사람이 있겠어? 정신병자도 아니고?

동의는 합니다만 작가가 이렇게 당당하게 말하는 거 처음 봐요!

특징 2. 극한의 낭만주의자

오! 마드무아젤! 보고만 있어도 빛이 나는군요!

부인의 행복을 위해서라면 무슨 일이든 하겠습니다!

저, 저는 남편과 별거 중인 유부녀-

뭐가 문제죠?

아들도 있-

뭐가 문제냐고요?

사랑만 있으면
뭐든 가능하다네!

새삼 책이 쓰여진 시기가
20세기 초반이라는 게
실감납니다.

간혹 힘이 빠질 때도
나를 사랑하는
여인들을 생각하면
끄떡없거든!

뤼팽은 괴상한 기사도 정신으로
똘똘 뭉쳐 있습니다.
여자가 등장했다 하면 십중팔구
뤼팽이 반해서 주접떨기 일쑤죠.

결국 여자들 덕에 위기에서
벗어난 것도 여러 번이니
윈윈이라 할 수 있습니다.

여자 1   여자 2   여자 3   여자 4

시대가 이런지라
작중에서 여자는 무조건
보호해야 할 존재로 봅니다.
여자들 성격도 몹시
수동적이고요.

레이디 퍼스트인 거지!
2020년대 사람은
낭만을 모른다네!

심지어 진도도 무지 조심스럽게 뺍니다. 뽀뽀 정도만 겨우 나오던데요?

이걸로 만족합니까, 뤼팽씨?

뒤에선 할 거 다 했다네.

나 사생아도 있...

다음 얘기로 넘어가죠!!

이 도둑놈의 괴상한 낭만주의는 여자 문제에서 끝나지 않습니다. 읽다 보면...

어디서부터 태클을 걸어야 할지 몰라 입을 다물게 됩니다.

왜 총알이 빠져 있지?

그건가! 그게 다야?
죽는다는 게 아무것도
아니군 그래!

죽음이란
아주 특별할 것이라고
잔뜩 기대했건만!

현 상태:
- 잡혀서 묶였음
- 망했음
- 총 맞을 뻔하다
  기적적으로 살았는데
  자기도 어떻게 살았는지
  모르겠음

허!
이 아줌씨 어디 가나?
외국으로 갈 거면 초콜릿
좀 보내줘! 어디 가?
이봐! 더 놀아보자고!

현 상태:
- 잡혀서 묶였음
- 망했음
- 자기도 어떻게 해
  결할지 모르겠음

총?
그딴 거 필요 없어!
사나이답게 맨손으로
붙어보자고!

현 상태:
- 밤중에 습격당해
  적과 맞붙어야함
- 무기가 있어도
  이길까 말까인데
  굳이 다 버려서
  당장 맨손

데 프로푼디스!*

* De Profundis. 라틴어로 된 위령기도의 첫 구절

현 상태:
눈앞에서 적이 자살함

현 상태:
어떤 부인에게 내연남이 충성을 다하거나 목숨을 바친 기록을 접함

아, 진짜 너무 멋있다.
나도 하고 싶다.

…

저 짓거리에 일일이 태클 걸던 시절이 저에게도 있었죠.

특징 3. 어디까지 컨셉일까?

이렇듯 허세와 컨셉에 먹혀버린 듯한 뤼팽이지만 그도 인간입니다.

가끔은 컨셉을 포기하고 진지해질 때가...

...

있긴 있더라고요.

어머니와 함께한 어린 시절을 고백할 때라든지

소중한 부하들이 사형당할 위기에 처했을 때

혹은 싸그리 망해버려서 품었던 희망이 전부 사라졌을 때 그렇습니다.

활활 활활

...왜 이렇게 사례가 극단적이죠?

저 정도 심각한 상황 아니고서야 이 도둑놈을 진중하게 만들 수가 없다는 거죠!

사실 평소에도 남 앞에선 허세를 부리다가 혼자 있게 되면 진심으로 당황하고는 합니다.

어떡하지?!

음, 진짜 어떡하지.

어떡하지...?

그 와중에도 입은
절대 안 다물더라고요.

오!
강도 신사 아르센 뤼팽!
그대의 운명도
여기까지라네.
왱알왱알

세느강에 던지면 분명
주둥이만 둥둥 뜰 겁니다.

벌써
기 빨리시죠?

이걸 결정판으로
연달아 읽은 저는
어떻겠습니까?

저만 당할 순
없습니다.
여러분도
느껴보셔야죠.

그래도 나름 선을 지킵니다.
부자들의 소장품만 훔치고 가난한
사람들 물건은 절대 건드리지 않거든요.
그마저도 돈으로 합의해
돌려주기도 합니다.

물론 그 부자들이 재산을
부당하게 모은 것도 아니므로
합리화할 수는 없습니다만.

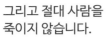

그리고 절대 사람을
죽이지 않습니다.

괴도 신사는
살인을 하지 않아!

감히 오명을
씌우려고!

많이 패기는 하지만.

실수로
이상한 데 때려서
죽었으면 미안.

귀중한 돈을 훔쳐서
자살하게 한 적은 있지만.

음... 그 정도로
소중한 줄 몰랐다.
미안...

…

이제 줄거리 특징도
보시겠습니다!

242

특징 1. 개연...성?

나중에 작품들 소개할 때 한 번 더 말씀드릴 텐데요.

뤼팽 시리즈는 크게 보면 줄거리에 별 문제는 없습니다.

크게 보면 말이죠.

하지만 자잘한 부분에 신경 쓰는 순간

이게 맞나??

하는 생각을 놓을 수가 없습니다.

그 이유는 첫째, 전개가 묘하게 단순하고 묘하게 막 나갑니다. 아무도 머리를 깊게 쓰지 않습니다.

HA HA

시리즈 속 인물들은 목적 달성을 위해 협박과 회유와 인질극을 주로 벌입니다.

뤼팽이요?
아니면
반동인물이요?

둘 다요!
뤼팽은 젠틀한
척하지만 결국
인질극을 벌이는 건
똑같습니다.

그나마 두뇌만 쓰는
인물이 있다면,
《기암성》에 등장하는
탐정 보트를레입니다.

하지만 너무 여리디 여린 청소년이라
금세 감성에 매몰되기에
적당한 탐정 포지션은 못됩니다.

여기서 두 번째
이유가 나옵니다.

책 속 인물들은
굉장히 감성적이고
모든 걸 적당히
받아들이며 쉽게
설득됩니다.

한 예로, 범죄자가 경찰로 위장해
파리 경찰 사이에 몇 년이나 침투해
있었습니다. 이런 진상이 밝혀지면
시민들이 어떻게 반응할까요?

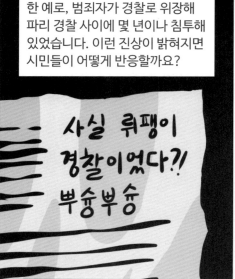

사실 뤼팽이
경찰이었다?!
뿌슝뿌슝

한국인들이라면 욕하고 난리났겠지만 파리 시민들은 마인드가 다릅니다.

그 외에도 뤼팽의 풍둔* 주둥아리술 혹은 보트를레의 눈물 울먹울먹 회유전술에 모든 것이 대충 해결됩니다.

오 정말 아이러니컬해! 너무 재밌어 꺄륵

하며 신나게 받아들입니다. 전 잘 모르겠는데 암튼 그렇습니다.

* 만화 〈나루토〉에서 나오는 바람을 다루는 기술로, 모든 것을 베고 자른다.

읽다 보면

혹시 내가 평소에 너무 생각이 많은가?

대충 좋게좋게 받아들일 수 있는데 너무 부정적인가?

라고 스스로를 돌아보게 됩니다.

물론 기본적으로 모험물인지라 그때그때 수수께끼를 풀며 머리를 씁니다.

그처럼 멀쩡한 부분도 있는 반면에 앞서 말씀드렸듯 골때리는 부분도 있다 이거죠.

길게 말씀드렸는데요. 결론은 이러합니다.

뤼팽 시리즈는! 크게 보면 모든 복선 회수하고 결말이 깔끔하며 드라마틱한 수작이다.

하지만 작게 보면 이상한 점이 한 무더기다.

그러니까 마음을 비우자.

우리 모두 프랑스인처럼 긍정적으로 살아보자.

특징 2.
이만큼 시끄러운 책은
지금껏 없었다

해설까지도 감정이입 확 해서 같이 떠들어대는데

그 사건!
오오 그 사건!!

해설
(모리스 르블랑)

결과적으로 이건 뭐, 체감상 전체의 8할이 대사인데

이럴 거면 희곡을 쓰지.

왜 소설을 썼나?

* 실제로 결정판에 실린 희곡은 아주 재밌고 센스있습니다.
뤼팽은 희곡에 어울리는 시리즈입니다.

좌우지간 이 시리즈는 말이 많아요.

이 서술상 특징은 앞서 말씀드린 주인공 특징과 맞물려서...

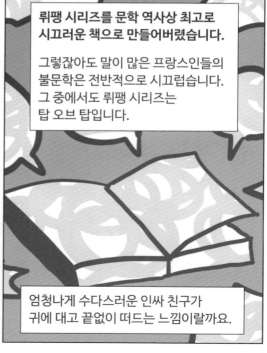

뤼팽 시리즈를 문학 역사상 최고로 시끄러운 책으로 만들어버렸습니다.

그렇잖아도 말이 많은 프랑스인들의 불문학은 전반적으로 시끄럽습니다.
그 중에서도 뤼팽 시리즈는 탑 오브 탑입니다.

엄청나게 수다스러운 인싸 친구가 귀에 대고 끝없이 떠드는 느낌이랄까요.

문제는 스토리 정리가
힘들다는 겁니다.
군더더기를 엄청 붙여
끝없이 나불대니까요.

세 줄 요약!
세 줄 요약!!

네가 저녁으로 무슨
코스요리 먹었는지
안 궁금해!!
네 적수가 얼마나
잘 생겼는지도
안 궁금해!!

그럼...
필력은
좋은가요?

...

아뇨?

그럼 볼 이유가
뭐가 있어요?!

읽다 보면 귀엽고
웃기고 정감가요.

집에서
동물 키우고 싶은데
못 키운 적 있으시죠?
그때 뤼팽 한 권 들이면
비글 다섯 마리가
안 부럽습니다.
강력 추천!

...고전문학 리뷰
맞죠 이거?

249

특징 3.
주인공을 위한 캐릭터들

어쨌든 책 자체가
뤼팽의 자백 서사다 보니
나머지 모든 조연도
뤼팽을 위해 존재합니다.

형사 가니마르는
뤼팽을 잡아야 하는
경찰임에도 그를
증오하긴커녕
존경하고 존중하며

허! 뤼팽이랑
맞붙겠다고? 미쳤군!
그는 결코 실수하지
않는 걸!

본인 직업을
잊으신 듯한데
님 경찰이에요

뤼팽의 유모 빅투아르는
한숨을 쉬면서도 은근히
뤼팽의 범죄행각을 도와주고

아이고 얘야!
제발 철 좀 들렴!

적수의 7할 이상은
뤼팽의 계략에 놀아나고

뭐? 뤼팽이
끼어든다고?

젠장! 우린
모두 망했어!

여자 캐릭터들은
뤼팽의 매력에 정신을 못 차립니다.

남자 캐릭터라 해서
딱히 정신차리는 건 아니고요.

아, 너무 멋지다...

아, 너무 멋지다...

물론 이렇다 해서
뤼팽이 항상
힘 안 들이고 성공하는
건 아니에요.

장편에선 애를
상당히 많이 먹고요.
실패하는 에피소드도
은근히 많습니다.

**특징 4.
욕구와 자기관리는 포기 못 한다네!**

네가 저녁으로
무슨 코스요리 먹었는지
안 궁금하다니까?

네가 어떻게 자는지도!
네 친구들이 얼마나 자주
배고파하는지도!

내용상 중요하지도 않은 생리적 욕구를 일일이 강조하고 말해줄 필요 없어!!

밥이랑 잠이 얼마나 중요한데 그런 소릴 하나!! 마드무아젤!! 그쪽도 밥에 미친 민족이니 알 텐데!!

그래도 급박한 상황에 한두 끼 굶었다고 다 큰 어른들이 징징대지는 않아!

위급상황에 바로 누워서 퍼 자지도 않아!

졸리고 배고픈데 어떡하나 그럼?!

프랑스인의 자기관리는 꽤 유명하지 않은가? 욕구에 예민하니 그런 거라네.

제때제때 좋은 식사를 하고 운동하고 잘 자니까 그만큼 몸 상태도 좋은 거란 말일세. 나는 특히 그렇지.

＊ 딱히 근거는 없습니다

네가 스웨덴식 아침체조로 하루를 시작하는 걸 굳이 소설에서 반 페이지 넘게 묘사한 이유가 그거임?

난 헬스 유튜브 보는 줄 알았다, 진심으로.

그게 바로 뤼팽식 자기관리라네.

궁금한 독자는 《813》을 읽어주게나!

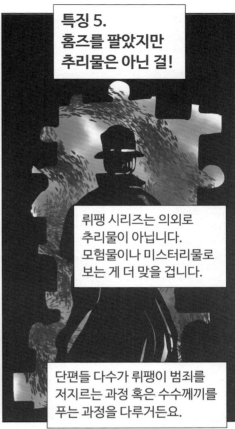

**특징 5.
홈즈를 팔았지만
추리물은 아닌 걸!**

뤼팽 시리즈는 의외로 추리물이 아닙니다. 모험물이나 미스터리물로 보는 게 더 맞을 겁니다.

단편들 다수가 뤼팽이 범죄를 저지르는 과정 혹은 수수께끼를 푸는 과정을 다루거든요.

일반적인 추리물과는 구도 자체가 다릅니다. 범인이 뤼팽이라는 걸 너도 알고 나도 알고 다 아니까요!

어떤 모습일지가 문제일 뿐

더 큰 잘못을 저지른 진범이 따로 있더라도, 책의 전개가 범인의 정체보다는 암호를 푸는 데에 더 비중을 둡니다.

3권까지는 그렇다는 겁니다.
나머지 권에서 좀 변할 수도 있지만요.

그런데 사람들이
왜 뤼팽을 추리물이라고
생각하나요?

제일 큰 이유는
추리소설의 바이블인
홈즈를 팔아먹었기
때문입니다.

앞서 말했듯 모리스 르블랑은
홈즈 캐릭터를 도용했습니다.
홈즈를 뤼팽의 라이벌 취급하고
뤼팽을 띄워주는 데
이용했습니다.

캐릭터만 도용한 게 아니라
왓슨과 홈즈의 관계도 가져왔습니다.
'친구 겸 전기 작가와 주인공'
이라는 관계를요.

예? 그러면...

홈즈 시리즈가
왓슨이 쓴 전기라는
설정처럼, 뤼팽 시리즈도
누군가가 쓴 전기라는
건가요?

네 맞아요!

그런 캐릭터가
뤼팽 시리즈에
있었던가...?
누구죠?

모리스 르블랑.

...

아니 그건
진짜 작가고요.
작품 속 설정상
작가가...

모리스 르블랑.

진짜입니다. 르블랑은 자기가 자기 작품에 등장합니다.

초기 단편들을 보시면 모리스 르블랑과 뤼팽이 처음 만나는 장면이 나옵니다.

그 뒤로 뤼팽이 간간히 찾아와서 자신의 무용담을 들려주고 르블랑이 그것을 써냈다는 설정이죠.

르블랑은 《기암성》에도 등장하고, 이후에도 간간히 얼굴을 내밀어줍니다.

물론 뤼팽이 방랑벽이 있는데다 신비주의라서 아예 동거를 하진 않지만, 전기 작가 겸 친구라는 설정은 왓슨과 르블랑이 일치합니다.

다만 뤼팽이 르블랑을 이름으로 부르는 경우가
없다시피 해서요. 이 사람 이름이 르블랑인 걸 알려면
1권부터 차근차근 봐야 합니다.

어쨌든 요점은...

뤼팽 시리즈가
홈즈에게서 가져온
것들이 정말
한두 가지가 아니라는
겁니다.

르블랑이 왓슨만큼 존재감을
뽐내지 않은 건 현실의 작가로서
최소한의 양심이 아니었을까요.

홈즈뿐만이 아닙니다.

최초의 탐정물이라 불리는,
에드거 앨런 포의 뒤팽
시리즈에서도 가져왔죠.
이건 표절까진 아니지만
대놓고 《모르그 가의 살인
사건》에서 영향받은
단편이 하나 있어요.

뒤팽 리뷰는
단행본 1권에!

*《유머와 드립이 난무
하는 고전 리뷰툰》

257

뒤팽과 홈즈에게서 영향을 엄청나게 받은 주제에 그 결과물이 추리물이 아닌 애매한 미스터리물인 건...

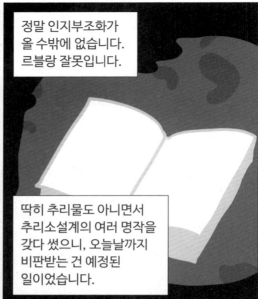

정말 인지부조화가 올 수밖에 없습니다. 르블랑 잘못입니다.

딱히 추리물도 아니면서 추리소설계의 여러 명작을 갖다 썼으니, 오늘날까지 비판받는 건 예정된 일이었습니다.

길고 긴 특징들이었습니다.

간단히 줄거리를 소개하며 마치겠습니다!

결정판 1권

《괴도신사 아르센 뤼팽》

전설의 시작이 된 첫 단편집입니다.

고대하고 고대하던 첫 단편집의 첫 단편 제목은...

《아르센 뤼팽 체포되다》

시작부터
왜 이래...

어쨌든 이 단편집 초반부터
뤼팽은 이미 유명인사입니다.

얼떨결에 체포된 뤼팽은
경찰을 조롱하듯 금세
탈옥합니다. 그리고
수많은 로맨스를 즐기며
평소 점 찍은 보물들을
수집합니다.

단편집의 시간적 배경은 수시로 왔다갔다합니다.

르블랑을 만나 전기 작가로 삼은
에피소드도 있으며, 뤼팽이 어린 시절
처음으로 도둑질을 시작한 일화도 나옵니다.

뤼팽의 깨발랄한 면모,
인간적 면모가 두루
드러난 단편집이라
할 수 있겠습니다.

그리고...

《뤼팽 대 홈즈의 대결》

결국 저질렀습니다.
르블랑이 제대로 폭주하여
홈즈를 본격적으로 도용하는
단편집입니다.

... 뭐 전체적으로만
소개하자면요.

아르센 뤼팽에
대적할 만한
영국 탐정이 업무차
프랑스에 온대!
둘의 대결을 볼 수
있겠어!

이런 내용입니다.

더 자세히는 말하지 않겠습니다.
셜로키언들이 뤼팽을 욕하며
보통은 《기암성》만 언급합니다.

하지만 제 생각에
홈즈 능욕의 절정은
《기암성》이 아니라
바로 이 단편집입니다.

저는 살면서 이토록
구체적인 악의로
똘똘 뭉친 책을 본
적이 없습니다.

영국이라는 나라와 셜록 홈즈라는 캐릭터에 대한 끝없는 악의가 묻어나옵니다.

영국인이 말했다. 그 영국인 탐정은-

아니, 하다못해 '홈즈'라고 지칭은 해줘라. 몇 번이나 '영국인'이라고만 말하는 거야...

《기암성》만 읽으신 분들은 홈즈만 보셨지 왓슨은 못 보셨을 겁니다. 이 단편집엔 왓슨도 나옵니다. 말 그대로 멍청한 호구에다 홈즈의 친구조차 아닌 일개 조수로요.

한 번쯤 읽어보세요. 고통스럽지만 경험할 필요가 있는 책입니다.

고전이라 불리는 시리즈의 작가도 이렇게 졸렬한 짓을 했음을 알아둬야죠.

심지어 삽화에 왓슨이라고 그린 것조차 왓슨 같지가 않아요. 누구죠, 이거?

그래야 우리도 인간에 대한 엄격한 기대를 내려놓고 한층 겸손해지지 않겠습니까.

그 외에 실제로 공연됐던 희곡이 몇 개 실려 있습니다.

꿀잼이니 잘 읽어주시면 됩니다. 홈즈가 빠지니 작품이 이토록 클린해진다는 걸 아실 수 있습니다.

결정판 2권

《기암성》

가장 유명한 장편입니다. 제가 어릴 적 처음으로 뤼팽을 접한 작품이기도 합니다.

짧막한 단편 위주였던 이전 편들과 달리 스케일이 대폭 커집니다. 시작은 뤼팽이 한 백작 저택을 털다가 다친 이야기입니다만

점점 꼬리에 꼬리를 물어
종국에는 프랑스 왕실의
숨겨진 보물을 찾아가는
이야기가 됩니다.
신나는 미스터리물로
즐길 만합니다.

더불어, 고등학생 천재 탐정
캐릭터의 시초인 보트를레가
등장합니다.
암호 풀기에서 뤼팽과
열심히 대결하고 활약하죠.

대입을 앞둔
고등학생인데,
바칼로레아* 준비는
제대로 하고
이러는 거겠죠?

* 프랑스 공화국에서 교육
과정의 중등 과정 졸업 시험

홈즈도 한 번 더 나와서 작품성
깎아먹는 데에 일조합니다.
그래도 르블랑이 좀 성공해서
그런지 전편보다는 나아졌습니다.

나온 김에
인질극 좀
해볼까?

참고로 이 편에서 뤼팽은
어떤 여자한테 완전 빠진 나머지

이번 일을 마지막으로
괴도 생활은 청산할 거라네!
결혼하고 농부 신사가
될 거라네!

라며 설레발을
칩니다.

263

하필 이 작품으로 뤼팽을 처음 접한 저는, 만나자마자 은퇴 선언을 하는 이 도둑놈을 보고 경악을 금치 못했습니다.

홈즈를 이제 만났는데 홈즈가 라이엔바흐 폭포에 떨어져 죽어버리는 기분이었어요.

《813》

뤼피지앵들이 최고의 작품으로 꼽는 장편입니다.

500페이지가 넘는 압도적 분량에 그만큼 여러 이야기가 엉켜있는 것이 특징입니다.

아르센 뤼팽이 얽힌 사건에서 케셀바흐 씨가 죽었다!

뭐야?! 난 사람 안 죽인다고! 분명 진범이 따로 있는 거야!

뤼팽 이거 귀엽다고 봐줬더니 이제 살인까지 하네?

《813》이라는 암호가 지속해서 나오는데 대체 무슨 의미일까...?

어쨌든 과부가 된 마담 케셀바흐랑 주느비에브 아가씨를 잘 챙겨줘야지!

마담은 내가 사귀고 주느비에브는 좋은 남편감을 찾아줘야지!

프랑스와 독일 영토 문제의 핵심이 되는 문서가 있다네!

두둥

아르센 뤼팽! 이제 알자스와 로렌까지 좌지우지하다?!

보시다시피 너무 내용이 많아서 산만하긴 합니다. 그만큼 결말부가 드라마틱하니 참고 읽으면 보람이 있습니다.

엄청나게 극적이고 서사시에 가깝기 때문에 소설보다는 연극을 보는 느낌이 듭니다.

《813》의 가장 특이한 점은, 작중 내내 뤼팽보다 더 악한 누군가가 살인을 저지르며 주변을 배회한다는 것이죠.

와! 진범이 대체 누굴까?

물론 뤼팽 시리즈 특성상, 진범을 집요하게 찾기보다는 현장에 남겨진 수수께끼를 찾아내는 쪽으로 갑니다.

젠장

이 작품을 기점으로 뤼팽의 스타일을 이해하고 즐기는 자 모드로 읽게 되었죠.

《813》 뒤쪽에는 짧은 희곡과
단편이 실려 있습니다.

재밌긴 하지만 《기암성》과 《813》의
침울한 결말을 읽고 바로 보시면
갑자기 명랑해진 분위기에
적응이 안 되실지도 모릅니다.

결정판 3권

《수정마개》

개인적으로 《813》보다
낫다고 생각하는
장편입니다.

사악한 하원 의원
도브레크와 그에게
협박당하는 부인
그리고...

부인의 아들이 모시는
뤼팽 이야기입니다.

기껏 아들 키워놨더니
도둑 하수인이 됐어...

이야, 그 연세에도
아름다우시군요 부인!

아드님은
일도 잘하고 착해요.
뤼팽은 부하를 꼭 챙기니
안심하세요! 이게
사내복지죠, 하하!

정치깡패가 연관된 만큼
여타 단편보다
현실적이고 치밀합니다.

《813》에 비해 주제가
단순해서 이해하기 편하고
암호와 미스터리적 면모도
확실히 챙기고 있습니다.

류팽의 부하 사랑과
기사도 정신이 엄청나게
잘 드러나는 편이기도 합니다.

아무래도 류팽 본인도
홀어머니가 키운지라,
아들을 위하는 부인들에게
약한 것 같습니다.

아닌데?
그냥 예뻐서
그런 건데?

또한 적을 다루는 방식에서도
르블랑의 성장을 엿볼 수 있습니다.

도브레크는 시리즈 역사상
가장 유능한 반동인물입니다.

류팽을 몇 번이나
뒤통수치고 곤경에
빠뜨림으로써
긴장감을 부여하죠.

동시에 뤼팽은 완벽하기만 했던 기존 이미지를 벗었습니다.

보다 입체적이고 고뇌하는 주인공이 되었으며 새로운 인간미를 얻었습니다.

하하하! 내가 뭐랬나! 뤼팽은 결코 실패하지 않아!!

팩트) 방금까지 실패 직전이었음 불안해서 눈물 나기 3초 전이었음

《아르센 뤼팽의 고백》

간만에 돌아온 단편집입니다. 시기로 보자면 초기에 쓴 것들도 많지만 상당히 양질의 결과물만 모여 있습니다.

그 전까지 뤼팽 시리즈를
추리물로 인정하기
어렵다고 했는데요.
이 단편집은 예외입니다.

누구나 인정할
추리물은 아닐지라도,
셜록 홈즈 단편집 정도의
퀄리티를 지니고 있습니다.

단편 속 사건들이 일어난 시기는
《813》등의 장편들 이전입니다.
덕분에 초기의 깨발랄한
뤼팽으로 돌아온 느낌이죠.

…

진짜 많이
줄인 건데도 엄청
길어졌네요.

이건 욕하는 리뷰도 추천하는 리뷰도 아닙니다.

제가 이 도둑놈과 긴 시간을 함께하며 겪은 소감을 한데 정리한 것뿐입니다.

그러나 한편으로는 참 감탄스럽기도 합니다. 어떻게 이렇게나 자의식 강하고 통통 튀고 긍정적인 도둑 캐릭터를 만들었을까요?

어떻게 텁텁한 추리물이나 하드보일드물이 될 수도 있는 소재를 이토록 유쾌하고 어이없는 낭만극으로 만들었을까요?

만약 책을 약으로 처방할 수 있다면

뤼팽 시리즈는 분명
우울증 치료제일 겁니다.

너무 막강해서 아주 소량만
복용해야 하는 치료제요.

오호!

그럼 그대는
이 텐션을 견디면서
앞으로도 내 모험담을
계속 읽어볼 텐가?

불쑥

글쎄!

내가 미쳐서
싹 다 구입해 읽을
수도 있고,
평생 안 읽을 수도
있겠지!

아르센 뤼팽, 신사 도둑

Arsène Lupin, Gentleman Burglar

1905년 초판 커버

모리스 르블랑(Maurice Leblanc), 약 300페이지(단편집)
삐에흐 라핏 에 씨(Pierre Lafitte et Cie), 프랑스 파리

아르센 뤼팽이라는 신사 도둑의 모험을 다룬 단편집.
그는 뛰어난 두뇌와 변장의 달인으로, 여러 사건을 해결하며 경찰과 대립한다.

모리스 르블랑은 소설뿐 아니라 희곡, 시나리오 등 여러 분야에서 활약한 프랑스 문학계의 주요한 인물이다. 그는 이미 단편 소설로 인기를 얻은 작가였고, 원래 진지한 문학 작품을 쓰려 했으나 편집자의 요청으로 범죄 소설을 쓰기 시작했다. 그렇게 탄생한 것이 바로 아르센 뤼팽 소설집이다.

뤼팽 시리즈는 명탐정 셜록 홈즈가 등장해 큰 화제가 되었는데, 원작자인 코난 도일의 반발을 사자 르블랑은 '셜록 홈즈'를 '헐록 숌즈(Herlock Sholmes)'라고 바꾸어 등장시켰다. 이는 오히려 독자들에게 큰 재미를 주었고, 뤼팽과 숄즈의 대결구도는 시리즈의 인기를 더욱 끌어올렸다.

르블랑은 아이디어를 얻기 위해 실제 탐정들과 어울리곤 했다. 그는 파리 경찰서의 고위 인사들과 친분을 쌓아, 범죄와 관련된 최신 정보를 얻고 이를 소설에 반영했다. 또한 자신의 집에서 열린 파티에서 뤼팽처럼 복장을 하고 등장하여 손님들을 놀라게 하는 장난을 즐겼다고 한다.

뤼팽 시리즈는 여러 번 영화와 TV 드라마로 각색되었고, 르블랑의 유쾌한 스토리텔링은 전 세계 독자들에게 사랑받고 있다.

키두니스트의 작업 코멘트

*

팬도 안티도 아닌 입장에서 쓴 기묘한 리뷰입니다. 아마 가장 웃기는 리뷰일지도 모르겠네요. 그동안의 독서 경험을 녹여냈기 때문에 주인 공과 저 사이의 티키타카가 가장 많습니다. 특유의 병맛(?)을 강화하기 위해 뤼팽의 멀끔한 복장과 화려한 배경에 신경썼습니다. 테마 컬러는 밤하늘을 연상시키는 파랑입니다. 도둑은 밤에 일하니 어울리는 선택이겠죠?

7

오페라의 유령

그러더니 그는 몸을 쭉 펴고 허리에 손을 얹고는
그 끔찍한 해골을 마구 흔들어대기 시작했어요.
에릭은 다시 절규했어요.
'나를 보라고! 이 승리한 돈 후안을 말이야!'

가스통 르루 저, 최인자 역
문학동네(2012), 278p

교살자들의 왕
올가미로 귀신 같은 재주를 부렸다네.
내가 한 많은 일들. 그것들 모두가 마술이고…
타인에 대한 연민은 마법이라네.
Le Fantôme de l'Opéra
낭만의 시대 속 추함과 아름다움
-《오페라의 유령》 리뷰-

솔직히 이건 다 압니다.

책에 관심 없어도 제목은 한번쯤 들어보셨을 거예요.

뮤지컬 〈오페라의 유령〉이 너무 유명하기 때문입니다.

영국에서 1980년대부터 공연하기 시작했으며 2004년에는 뮤지컬을 기반으로 한 영화가 나왔습니다.

앤드루 로이드 웨버의 환상적인 노래와 연출로 뮤지컬은 관객의 마음을 사로잡습니다.

샹들리에 떨어지는 거 봤어?

미쳤다;;

그럼 뮤지컬이 원작이냐?

그랬으면 이 리뷰툰에 등장을 못했겠죠?

원작은 프랑스 작가
가스통 르루의 소설입니다.

추리소설
《노란 방의 비밀》도
내가 썼다!

1868~
1927

일본에서 인기 많은
작가이기도 하지!
한국은 어떤가?

겨우 대표작만
번역되긴 했는데요...

저 어릴 때 생각하면
완역본 내준 것만으로
감사합니다.

《오페라의 유령》은 파리의
오페라 하우스라는 낭만적 배경,
그 속의 환상적인 줄거리로 유명합니다.
그런 작품의 작가답게...

가스통 르루는 그야말로
낭만 넘치는 모험가였습니다.

오늘날엔 작가로
알려져 있지만 본업은
저널리스트였다!

전 세계를 돌아다니며
재미난 기사를
발표하곤 했지.

심지어, 아랍인으로 변장해서 북아프리카에 숨어든 적도 있어!

이런 인생이 추리소설과 환상소설 창작에 도움을 준 건 자명해.

한 덩치 하고 뚱뚱하기로도 유명한 나였지만, 그 속엔 빵빵한 경험이 있었다. 이거야!

문학주머니
ㅗㅜㅑ

그런데 거참, 21세기 독자들은 《오페라의 유령》하면 뮤지컬과 영화만 안다며? 뿌리가 된 원작은 읽지도 않고 말야.

뮤지컬은 영국 놈들이 만들었지만 원작은 프랑스산이야.

완전히 다른 감성과 매력이 있다고! 부디 둘 다 보게! 인생의 절반을 손해보지 않으려면!

말 많으셔서 제가 할 말 대신 다 해주시니 편하네요.

좋지?

그렇습니다. 이 작품은 원작과 뮤지컬이 묘하게 다릅니다.

《파리의 노트르담》처럼 싹 갈아치운 건 아니지만 설정과 연출 면에서 비교할 부분이 많죠.

원작

뮤지컬

따라서 인물별 리뷰를 하겠습니다.

원작과 2004년판 뮤지컬 영화를 비교해서요!

엥? 왜 뮤지컬이 아니라 영화랑 비교해요?

걍 뮤지컬이랑 비교해주셈!

뮤지컬 관람비용 지원해주면 그렇게... 는 반쯤 농담이고요.

2004년판 영화는 상당히 명작인데다 뮤지컬 내용을 거의 그대로 영화로 옮겨왔습니다.

따라서 줄거리 비교에는 이쪽도 지장이 없어요.

phantom of the Opera

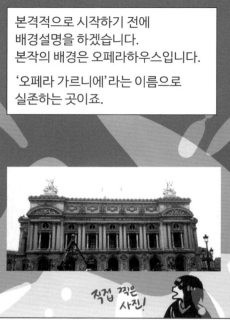

본격적으로 시작하기 전에 배경설명을 하겠습니다. 본작의 배경은 오페라하우스입니다.

'오페라 가르니에'라는 이름으로 실존하는 곳이죠.

직접 찍은 사진!

문화예술의 성지 같은 곳이지만 이곳엔 골칫덩이가 있습니다. 바로 전설처럼 전해지는 오페라의 유령입니다.

5번 박스석은 유령의 자리라서 비워둬야 하고

오페라하우스 감독은 계약서에 의해 유령에게 2만 프랑씩 매달 지불해야 하며

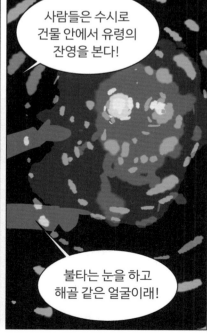

사람들은 수시로 건물 안에서 유령의 잔영을 본다!

불타는 눈을 하고 해골 같은 얼굴이래!

대체 정체가 뭘까?

그에 대한 이야기는 어디까지가 진실일까?

이 소문을 유념하고, 인물 소개에 들어갑니다.

인물 1. 크리스틴

크리스틴 다에는 젊고 아름다운 오페라 가수입니다.
본작의 히로인이기도 합니다.

꿈이 있고 음악을 사랑해요!

글자보다 도레미를 먼저 배웠어요!

다만 노래실력이 눈에 띄는 수준은 아니어서요.
오페라하우스 공연에서는 그냥저냥 조연입니다.

다에 양? 병든 닭처럼 노래하잖아.

스타 가수인 카를로타 쪽이 실력은 확실하지.

근데 크리스틴은 원래
재능 있는 소녀였습니다.

그 재능이 지금은 전부
숨어버려서 그렇죠.

아버지께서
돌아가셔서
이런 걸까...?

나는 일찍 어머니를
잃고 아버지와
유랑하며 살았어.
스칸디나비아 출신
음악가였던 아버지가
내게 노래를
가르쳐주셨지.

그때 난 천사 같은 목소리라며
칭찬받곤 했어. 하지만 혼자가
된 뒤로는 그런 목소리가 나오지 않아.

분명 뭔가 결핍된 거야.

아버지는 음악 천사가 나오는
옛날이야기를 들려주셨어.

그런 천사가 내게 오면 좋을 텐데.

보다시피 크리스틴은 기구한 처지입니다.

부녀를 후원해준 노부인이 의지가 되었지만, 그래도 부친을 대신하진 못하죠.

발레리우스 부인, 저 왔어요.

이랬던 크리스틴은 어느 날-

꿈에도 그리던 천사를 만납니다.

분장실 안에서 어떤 목소리가 들려왔던 거죠.

크리스틴...

287

하지만 유령은 사람도 죽였고 무서운 장난을 치는 걸로 유명해요.

그런 유령과 천사님은 다른 분이겠죠?

어...뭐...

그녀는 목소리의 가르침으로 완벽한 노래실력을 되찾습니다.

그리고 주연 자리를 얻어 일약 스타가 됩니다.

물론 일이 순탄치만은 않습니다. 스페인 출신 톱스타 카를로타가 정치질을 하거든요. 그래도 어쨌든 주목받는 위치에 섭니다.

저 촌스러운 계집애는 뭔데? 프리마돈나는 나란 말야!

카를로타에 대한 묘사는 대놓고 악의적입니다. 르루가 스페인 여자에게 뺨이라도 맞았나 진지하게 의심되는군요.

천사님의 이름은 뭐예요?

에릭이오.

에릭! 이제부터 에릭이라고 부를게요.

당신은 사람이 아니라 영혼 혹은 수호천사겠죠!

유령의 말을 곧이곧대로 믿는 건 얘가 순진한 19세기 소녀라 그런 거겠죠?

근데 에릭은 왜 나더러 결혼하지 말라고 하는 걸까?

결혼하면 내 목소리를 들을 수 없을 것이오.

게다가 내가 남자랑 눈만 마주쳐도 어째 날카로워지는 것 같아. 은근 엄격하네-

그냥 머릿속이 꽃밭인 것 같기도 하고요.

크리스틴,

그 와중에 빅 이벤트가 벌어집니다.

어린 시절 친구, 라울과 재회한 거죠.

당신 노래를 듣고 왔습니다.

기억해요? 바다에 떨어진 당신의 스카프를 제가 수영해서 되찾아줬었죠.

…

기억 못 하나?

라울, 그때도 좋아했는데 정말 멋있게 컸구나.

하지만 에릭의 눈치도 보이고 어차피 우리는 신분 차이도 커. 모른 척하자…

허! 그렇게 피하는 거 보니 그놈을 사랑하나 보군?

아니에요! 왜 질척대는 남자사람처럼 질투하고 그래요?

누, 누가!!

크리스틴과 유령(천사)의 앞날은 험난하다...!

크리스틴은 순수하고 고전적인 히로인입니다.

그녀의 대표적인 개성은 환상과 미신에 대한 믿음입니다.

이는 발레리우스 부인과 친아버지가 크리스틴을 키울 때 환상적인 가치관을 주입했기 때문입니다.

게다가 그녀는 철 들고부터 오페라하우스라는 폐쇄적인 공간에서 살았습니다.

환상에 대한 믿음은 그녀의 타고난 예술가적 기질과 부합했습니다.

그 결과 크리스틴은 현실과 동떨어진 탐미주의적 히로인이 되었죠.

마음을 움직이는 노래, 완벽한 노래를 하고 싶어...

이런 크리스틴이 하필 유령의 눈에 띄었습니다.
정확히는, 스스로를 유령이라 소개하는 어떤 인물의 눈에요.

이 일은 과연 그녀에게 독이 될까요, 득이 될까요?

과연 목소리의 정체를 알고서도 크리스틴은 그를 좋아할까요?
그리고 첫사랑 라울과의 관계는 어떤 영향을 미칠까요?

크리스틴의 캐릭터성은 원작과 영화에 큰 차이가 없습니다.

다만 영화판은 훨씬 전개가 신속하고 깔끔해요.

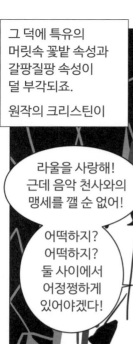

그 덕에 특유의 머릿속 꽃밭 속성과 갈팡질팡 속성이 덜 부각되죠.

원작의 크리스틴이

라울을 사랑해! 근데 음악 천사와의 맹세를 깰 순 없어!

어떡하지? 어떡하지? 둘 사이에서 어정쩡하게 있어야겠다!

하는 느낌이라면

영화판은 좀 더 무겁게 고뇌합니다.

갈등 하나하나가 굵직하게 전개되므로 영화판 크리스틴은 가녀리지만 진중한 모습이 부각되죠.

당신을 향한 나의 동정의 눈물이 증오의 눈물로 바뀌는군요.

영화판의 고전적 미인도 당연히 좋지만요...

저는 할 말 다 하고 짜증도 내고 팔짝 뛰기도 하는 원작 크리스틴이 더 좋더라고요.

더 적극적이어서 좋군요!

294

아뇨, 그냥 보다 보면
얘가 웃겨서 좋아요.
그냥 재밌습니다.

진짜 빡통인갘ㅋㅋ
엌ㅋ꿀잼ㅋㅋㅋ

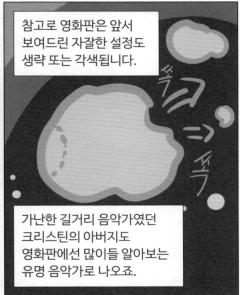

참고로 영화판은 앞서
보여드린 자잘한 설정도
생략 또는 각색됩니다.

가난한 길거리 음악가였던
크리스틴의 아버지도
영화판에선 많이들 알아보는
유명 음악가로 나오죠.

영화를 본 다음에
감독판을 찾는 기분으로
소설을 펼치시면
더더욱 재밌겠죠?

이제
나머지 인물도
보겠습니다!

인물 2. 라울

두 번째로 소개할 인물은
라울 드 샤니 자작입니다.
이제 스물 한 살이 된
파릇파릇한 귀족입니다.

미래의
아내 될 사람 아니면
연애하지 않겠어!

미남이시네!

귀여워!

위로는 형인
필립 드 샤니
백작이 있습니다.

동생이 고지식하죠?

우리 샤니 가문은
14세기부터 이어진
명문 귀족가문이라
결혼도 정략결혼인데
말이죠.

라울의
배우자는
교양 넘치는
명문가
여식이어야
합니다.

빵공장 같은
성씨네요

닥쳐

라울을 과보호한다고
느끼실 수 있는데
어쩔 수 없습니다.

말이 동생이지
거의 자식뻘
나이차예요.

어머니는 라울을 낳고
돌아가셨죠.
지금은 시집간 여동생들과
제가 그 애를 키웠어요.

다만, 세세한 돌봄은 여동생과 부인들이 해서 그런가? 스무 살이 넘어서도 뭐랄까, 계집애 같습니다!

형으로선 라울이 더 막나가고 연애질도 많이 했으면 좋겠는데요.

그런데 어쩌다 참석한 오페라 공연에서 라울이 한 가수만 뚫어져라 보는군...

크리스틴을 보고 올게요 형님!!

응?

아는 가수냐?

너도 드디어 연애를 하는구나! 잘해봐라!

시간이 흘러 재회하니...

왠지 크리스틴은 그를
모른 체하고 있었죠.

나랑 따로
조용히 대화하고
싶어서 이러는구나!

귀여워라...

라울은 행복회로를 돌렸지만
어째 상황은 많이 이상했습니다.

크리스틴의
분장실이
여기구나.
잠깐 앞에서
기다릴까?

에릭!
제 노래는
당신을 위해
부른 거예요!

에릭이 누구야?

라울의 고생길 시작이었습니다.
오페라하우스의 비밀에 다가가는
시발점이기도 했습니다.

그 뒤 라울은 크리스틴에게
여러 차례 접근합니다.
하지만 그녀는 늘 무언가를
숨기는 느낌이었죠.

크리스틴,
나 기억은 하죠?

예,
샤니 자작님...

어쩌다 들었는데
에릭이 대체 누구요?
당신 애인이오?

음악 천사님이에요.
제 노래 스승이에요.

설마 그 나이 먹고 그걸 믿는 거요?

● ● ●

그리고 최근에 당신, 2주나 실종됐었죠? 어디에 있었던 거요?

아니 자작님, 왜 이렇게 참견이세요?

이렇게까지 코치코치 물을 수 있는 건 제 남편뿐이에요!

그리고 전 결혼을 안 하기로 에릭에게 맹세했으니 남편은 있을 수 없죠! 안녕히 계세요!

뭐? 기다려요!

남자 목소리에+ 결혼하지 말라고 강요하고+ 매일 아침 개인과외하는 게 뭐가 천사야!!

대체 에릭이 누구야!!

그놈이랑 진도를 어디까지 나간 거야, 크리스틴은!

밤중에 시끄럽다 라울. 그러게 그만두라고-

형이 뭘 알아!

뒤늦게 사춘기냐?!

의외로 이런 쪽에 크리스틴보다는 머리가 잘 돌아간 라울은 어떻게든 그녀에게서 진심을 캐냅니다.

지하는 그의 공간이니... 옥상까지 가야 말할 수 있어요...

에릭은 오페라하우스의 유령이에요. 사람을 죽인 적도 있고 항상 남들에게 겁을 주며 오페라하우스를 배회하는 존재...

제가 아둔해서 최근에야 알았지만.

하지만 그 정체는
당신 말대로 사람이에요.
에릭은 저에게 점점
집착하고 있어요.

살고 싶으면
저와 거리를
두세요, 라울.

괜찮소.
내가 지켜줄 테니.

설득력 없는 설득을
하는 사람이 있습니다.

라울은 명목상
남주인공입니다.
나쁘게 말하면
페이크 주인공 같은
위치입니다.

일단 라울은 크리스틴을 사랑하고
크리스틴도 라울을 사랑하긴 합니다.

하지만 에릭 때문에 크리스틴은
둘 사이서 안절부절 못하고,
라울 또한 어리버리한 면이 많아
에릭에게 대항하지 못하죠.

원작은 필립이라는 반동인물까지 확고해서

라울은 에릭과 필립, 소극적인 크리스틴이라는 장애물에 갇혀 옴짝달싹 못하는 위치입니다.

영화는 어떨까요? 영화판 라울은 훨씬 진중하고 능동적입니다.

내가 당신을 이곳에서 해방시키고 이끌어주겠소.

필립이 아예 삭제됐기 때문에 철부지 남동생 같은 면도 사라졌고요.

형도 없겠다, 자기 마음대로 결혼을 할 수 있어선지 크리스틴과의 신분 차이도 강조되지 않습니다.

물론 그럼에도 하이라이트에선 붙잡힌 히로인 같은 상태가 되지만요.

미...미안, 크리스틴... 구해주려고 온 건데...

그래도 원작을 생각하면

진짜 최선을 다해 각색했구나!

감사합니다 시나리오 작가님!

하고 이해하실 수 있어요.

참고로 저는...
영화판 라울 참 멋있고
좋긴 한데요...
그래도 역시 원작이
더 좋습니다.

크리스틴 때와 마찬가지로
갈팡질팡 못하는데다
찐따미가 넘치는데요.
이게 너무 재밌어요.

원작 읽으면서 웃은 거
5할은 라울 덕분입니다.

진짜 찐따인가
ㅋㅋ 억ㅋㅋㅋ

인물 3. 에릭

이제 진주인공을 보겠습니다.
에릭은 오페라하우스 지하에
거주하는 사람입니다.

애당초 오페라하우스의 건축 도급업자였기 때문에 내부 구조를 샅샅이 꿰뚫고 있죠.

우리로 치면, 예술의 전당 건축한 사람이 공연장에 몰래 숨어사는 건가요...?

항상 가면을 쓴 데다 어디든 쓱 나타나고 쓱 사라지기 때문에 오페라하우스 배우와 직원들 사이엔 온갖 미신이 퍼져갔습니다.

무대 앞 문지기실 테이블의 말편자를 만져야 어둠의 힘의 희생자가 되지 않는다...!

특정 박스석은 비워둬야 한다!

불빛이 흐리거나 어두운 곳에선 빨리 뛰어가야 해!

소방관이 지하실에 갔다가 불타는 머리를 봤대!

대체 오페라 가르니에는 뭐하는 곳일까요?

당연하지만 그 정체는 유령이 아닙니다. 단지 손재주가 굉장히 좋고 목소리가 멋진 사기꾼이죠.

나랑 말이 좀 통할 것 같군!

꺼져봐

사기술을 이용해 오늘도 에릭은
오페라하우스 감독들에게
돈을 받고 전용 박스석에서
공연을 즐깁니다.

박스석 담당자인 지리 부인은
그의 목소리에 푹 빠져 배려해주었습니다.

왜 목소리만 드러내고
얼굴은 항상
가면 속에 있냐고?

나는 어렸을
때부터 끔찍한 몰골이
었으니까.

아버지는 날 외면했고
어머니는 얼굴을 가리라며
가면을 선물하셨지.

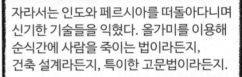

자라서는 인도와 페르시아를 떠돌아다니며
신기한 기술들을 익혔다. 올가미를 이용해
순식간에 사람을 죽이는 법이라든지,
건축 설계라든지, 특이한 고문법이라든지.

아무리 재주가 많아도 난 계속 삐뚤어지기만 했다. 노래를 천사처럼 해봤자, 손재주가 아무리 좋아봤자 뭐하나!

사람들은 내 얼굴만 보면 까무러치는데.

나는 이대로 두더지처럼 살아갈 운명인 건가...

나도 상냥한 아내와 일요일에 외출하는 삶을 살고 싶은데.

그의 눈에 들어온 건 순수하고 아름다운 크리스틴이었습니다.

내 얼굴을 보면 무조건 날 혐오하겠지. 일단 목소리만 들려주고...

노래 연습을 열심히 시켜주고

크리스틴을 탐탁찮게 여기는 것들의 머리 위로 샹들리에를 떨어뜨려 주고-

당연히 크리스틴은
무서워합니다.

그 다음엔
납치하자!

누구세요?!

전부터
집착하더니
샹들리에 사고로
사람도 죽이고,
이젠 날 오페라하우스
지하로 납치해서
같이 살자고
하고 있어...

제대로 된 인간관계를 맺어본 적
없어서일까요?
구애도 이상하게 합니다.

이런 사람을 어떻게
좋아하지?

게다가 얼굴도
시체처럼 생겼고!

멋대로 가면을
벗기다니!

미미미 미안해요!!
저도 모르게!

이제 나
싫어할 거지!

아아아 아니에요!!

하지만

목소리빨+

분위기빨+

노래 가르쳐준 옛정+

외모로 차별받은 것에
대한 동정심

이 작동해서,

크리스틴이 에릭에게 느끼는 감정은
공포와 연민이 섞이게 됩니다.

그래서 납치당했다가
겨우 탈출했다고요?

당장 나랑 도망쳐요!
또 험한 꼴 당하기 전에!

그, 그래도
에릭이 좀
불쌍하니까
내일 공연까진
할게요.

불쌍해서 결혼까지
해주겠다 아주?

이렇듯 어둡게
말했지만요.

에릭 자체는
의외로 그리
우울한 성격이
아닙니다.

오히려 먼젓번 리뷰한 뤼팽만큼
장난스러운 면이 많죠.
공통점도 많고요.

다만 외모 트라우마가
너무 커서요. 뤼팽과는 달리
진짜 악한이 되어버린 케이스입니다.
소위 말하는 '사연 있는 악당'이죠.

그럴싸한 분위기+
손재주+
남들 골탕먹이기!

올가미로 사람을
재미삼아 죽여?
나쁜 놈! 난 두들겨
패기만 하는데!

그러니까...
내가 추하게
태어나면 저렇게
된다는 말이지?

재주를 다 갖고도
얼굴까지 잘생긴
나는
정말이지 죄 많은
남자군!

그래 넌 죄가 좀 많다.

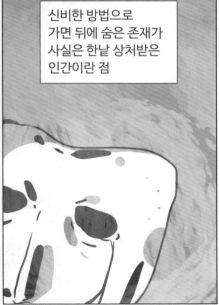

신비한 방법으로
가면 뒤에 숨은 존재가
사실은 한낱 상처받은
인간이란 점

그리고 모든 갈등을 푸는 게 크리스틴의 연민 어린 입맞춤 한 번이라는 점에서...

에릭의 존재는 그대로 이 작품의 주제가 됩니다.

HA HA HA

영화판에선 다른 캐릭터와 마찬가지로 더 진중합니다.

원작은 성격이 묘하게 유쾌하기도 하고 중2병스러움이 영화판의 7배쯤 되는데다 온갖 마술 트릭, 복화술을 과시하거든요.

화려한 과거도 통째로 각색됐습니다.

원작이 삐뚤어진 카리스마로 활개치는 느낌이면 영화는 그냥 불쌍해졌어요.

영화판 에릭은 어릴 적 추한 외모 때문에 구경거리가 되는 등 학대당했습니다.

그걸 지리 부인이 구해서 오페라하우스에 살게 되었다는 설정이죠.

보시다시피 지리 부인의 서사가 영화에서 엄청나게 보강되었습니다.

원작의 지리 부인은 그냥 낭만에 취한 에릭 숭배자로, 개그 캐릭터에 가깝습니다.

비참하게 각색한 것에 비해, 영화판 에릭의 얼굴은 그렇게 추하지 않아요. 대중성을 고려한 거겠지만ㅎ

원작은 기괴하게 불타는 노란 눈에 시체 같다고 했으니까 더 더 전위적인 외모였겠죠?

나머지 설명은 원작에만 나오는 히든 주인공을 소개하며 이어가겠습니다!

인물 4. 페르시아인

《오페라의 유령》은 원작과 영화판 둘 다 회고록입니다.
다만 영화판은 나이 들어 경매장에 온 라울이 주체이고-

원작은 필립 백작 사망 사건과 유령 스캔들의 진실을 밝히려는 어떤 관찰자가 주체입니다.

이 사람은 진짜 관찰자 그 이상도 이하도 아닙니다.
저처럼 뭘 기대했다가 실망하지 마세요.

관찰자는 자료를 얻고자 페르시아인에게 접근합니다.

이 동양인은 유령 스캔들 당시부터 오페라하우스를 배회하던 사람이죠.
그리고 어째선지 에릭과 크리스틴 사이의 진실을 알고, 편지 자료도 꼼꼼하게 보관 중입니다.

페르시아인의 본명은 아무도 모릅니다.
그냥 정체모를 동양인인데 페르시아인처럼 생겨서 이렇게 불립니다.

페르시아인은 이 자료들을 관찰자에게 넘겨주고 사망합니다.

저는 이 부분을 보고서

페르시아인이 사실 에릭이네!! 아니면 저 편지들을 왜 갖고 있겠어?

하하, 너무 뻔한 걸?

이랬습니다. 아닙니다. 저처럼 뭘 기대했다가 실망하지 마세요.

페르시아인은 최종장 이전까지 조연으로 얼굴을 비춥니다. 오페라하우스 사람들은 이 자를 유령만큼 꺼리고 무서워하죠.

대체 오페라 가르니에는 뭐하는 곳일까요?

사실 그냥 편견이고요. 나중에 입 열 때 보면 상당히 좋은 사람입니다.

동양인은 모두 사악한 마술사라고 생각한 거냐...

그는 어째선지 에릭을 잘 아는 눈치입니다. 라울이 크리스틴을 구하러 갈 때 안내하기도 합니다.

감사하지만 왜 절 이렇게나 도와주시죠? 제가 그렇게 못미더워 보이세요?

잘 아네.

그의 정체는 전직 다로가(관직 이름)입니다.

Daroga

에릭이 동양에 살던 시절 내 은혜를 입었지!

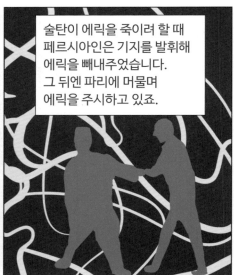

술탄이 에릭을 죽이려 할 때 페르시아인은 기지를 발휘해 에릭을 빼내어주었습니다. 그 뒤엔 파리에 머물며 에릭을 주시하고 있죠.

에릭은 옛정이 있는지라 이 사람에게 꽤 너그럽습니다.

하하, 왜 내 집에 자꾸 몰래 들어오나? 다른 사람이었다면 죽였을 걸세!

이런 인물인데요.

뮤지컬이나 영화만 보신 분들은 이 다로가 자체를 모르실 거예요.

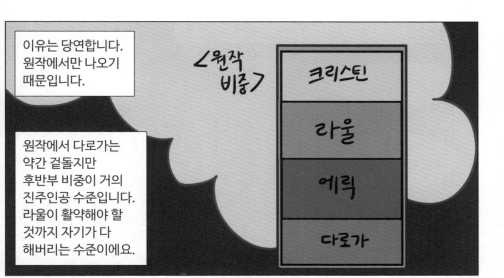

이유는 당연합니다. 원작에서만 나오기 때문입니다.

＜원작 비중＞

| 크리스틴 |
| 라울 |
| 에릭 |
| 다로가 |

원작에서 다로가는 약간 곁돌지만 후반부 비중이 거의 진주인공 수준입니다. 라울이 활약해야 할 것까지 자기가 다 해버리는 수준이에요.

에릭에게 죽을 뻔할 때도 얘 혼자 대처를 다 하고,

으아악, 고문실이다! 무서워 정신나간다.

침착하십시오! 탈출할 방법을 찾아보겠습니다!!

에릭의 마지막 고백도 얘가 듣고

크리스틴이 원하는 바이니 돌려보내주겠네...

에필로그에서 에릭의 마지막 모습도 얘가 목격합니다.

나는 죽어가고 있네.

이 악당!
대체 무슨 일인가!

사랑 때문에
나는 죽어가고 있네.

왜 영화판에서
삭제됐는지 아시겠죠?

라울을 조금이나마
주인공답게 만들려면
얘가 사라져야 합니다.

어쨌든 영화만 보신
분들은 원작 완역도
한번 보시는 걸
추천합니다.

이 당시 소설에
동양인이 주연급+
선인으로 나오는 건
귀하기도 하고요.
참 재밌는 사례입니다.

최대한 줄였는데도
리뷰가 길어졌네요.

특징은 사실상
다 말했습니다.
그래도 조금만
첨언하자면-

원작은 깨알 같은 조연이 많아서
수시로 콩트를 찍습니다.
뤼팽 시리즈만큼은 아니지만
대사 위주로 극을 이끌어갑니다.

특히 오페라하우스의 감독인
리샤르와 몽샤르맹은
만담 2인조라 해도 무방하죠.

그리고 영화판보다 훨씬
감정적이고 극적입니다.

크리스틴은
오페라하우스 내부가
세상의 전부인 듯
행동하고요.

자, 보세요, 라울.
숲도 있네요!
산책하러 가요.

배경 무대잖아!
진짜 숲인 것처럼
말하지 마!

그리고 산책은
밖에서 하는 거야!

에릭은 환상과 눈속임을 활용해 사람을 심리적으로 고문합니다.

복화술을 써서 사방에서 목소리가 나는 것처럼 꾸미기도 합니다.

유령은 어딨을까? 에릭은 어딨을까?

카를로타는 왜 두꺼비 소릴 냈을까?

어디 맞춰보시게!

이 모든 특징은 《오페라의 유령》이 환상적인 작품이라 가능했다고 생각합니다.

오페라 가르니에 이용 지침서 – 흰 가면을 쓴 사람과 동양인이 나온다면 정중히 인사하십시오...

이걸 보시고 훗날 파리에 가면, 괴담과 환상의 무대가 된 오페라 가르니에를 유심히 볼 기회가 생기겠죠?

가끔은 문학을 통해 팍팍한 현실을 떠나시길 바라며 –

긴 리뷰를 마무리하겠습니다!

《오페라의 유령》 리뷰 – 끝

The Phantom of the Opera

1910년 초판 커버

가스통 르루(Gaston Leroux), 약 360페이지
삐에흐 라핏 에 씨(Pierre Lafitte et Cie), 프랑스 파리

파리 오페라 하우스에서 일어나는 미스터리한 사건들.
얼굴이 흉측한 유령 에릭이 오페라 하우스를 장악하고,
젊은 소프라노 크리스틴 다에를 사랑하게 되면서 벌어지는 이야기

가스통 르루는 법학을 공부하고 한때 변호사로 일했다. 많은 유산을 상속받았지만 모두 탕진하고 결국 파산했다. 이후 신문사 기자가 되어 명성을 날렸는데 이때 범죄 및 법정 기자로 활약하며 취재한 사건들이 훗날 그의 추리소설에 큰 영향을 주었다. 1907년에 르루는 파리의 오페라 극장 팔레 가르니에^{Palais Garnier}에서 한 남자의 시신이 발견된 일을 기사로 접했고 이 사건은 《오페라의 유령》 집필에 영감을 준 것으로 전해진다.

르루는 기행으로도 유명했다. 새 작품을 완성할 때마다 허공에 권총을 발사해 가족과 이웃을 놀라게 하거나 자신의 소설 속 캐릭터처럼 변장을 하고 거리로 나가 실제로 탐정 역할을 수행했다고 한다.

키두니스트의 작업 코멘트

*

분명 현실을 배경으로 하고 있는데 판타지 장르로 느껴질 만큼 환상적인 작품입니다. 가스통 르루는 추리소설 《노란 방의 비밀》로도 유명한데, 그 작품 역시 마냥 딱딱한 내용은 아닐 것 같네요. 테마 컬러는 밝고 몽롱한 파랑으로 정했습니다. 독자분들 역시 오페라 가르니에에서 꿈을 꾸시길! 이 리뷰는 후반부에 연재한지라 작화 수정은 아주 조금만 했습니다. 그야말로 폭풍같은 작업이었어요.

8

삼총사

당시에는 소동이 자주 벌어졌다.
영주들은 자기네끼리 싸우고, 국왕은 추기경과 싸우고,
스페인 왕은 프랑스 왕과 싸우고 있었다.

알렉상드르 뒤마 저, 김석희 역
시공사(2011), 13p

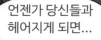

언젠가 당신들과
헤어지게 되면...

그럼 내게는,
내게는 친구가
없겠군요!

그렇게 되면 남은 것은
쓸쓸한 추억뿐이겠군요.

자네는 아직 젊어,
다르타냥.

일생 동안
수많은 사건이
생길 테고,

그것들 모두 언젠가
달디단 추억으로
바뀔 걸세.

우리의 모험이
그랬던 것처럼 말일세.

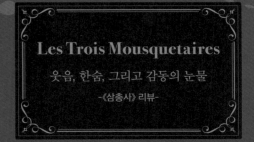

Les Trois Mousquetaires
웃음, 한숨, 그리고 감동의 눈물
-《삼총사》리뷰-

19세기의 프랑스는 일도 많았지만 복도 많았습니다. 하늘이 내려준 작가 두 명이 동시대에 있었기 때문입니다.

바로 빅토르 위고와 알렉상드르 뒤마입니다.

둘은 공통점이 많습니다.

일단 재밌어요!

오호, 분량은요?

프랑스 책답게 대사도 폭포수같이 많습니다.

그래요? 분량은요?

질풍 같은 서사도 있죠.

분량.

둘 다 최소
1000페이즈

500p

500p

꺼져.

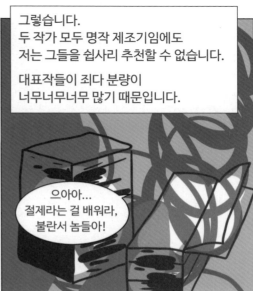

그렇습니다.
두 작가 모두 명작 제조기임에도
저는 그들을 쉽사리 추천할 수 없습니다.

대표작들이 죄다 분량이
너무너무너무 많기 때문입니다.

으아아...
절제라는 걸 배워라,
불란서 놈들아!

왜 이런 막나가는
분량이 나왔느냐?

일단 위고는 원체 설명과
묘사를 좋아합니다.
본능이 말을 길게 하고 싶어
정신을 못 차리는 타입이죠.

뒤마의 경우는 당시
신문 연재소설이 유행했기에
나온 결과였습니다.

타고난 이야기꾼이었던 그는
매 편을 아슬아슬하게 끊어
독자가 다음 이야기를 목매
기다리게 했습니다.

파리 건물이!!
이렇게!! 멋있다!!!

사건 하나가 끝나는 즉시 새로운 사건이 생겨나 끝없이 흥미로운 줄거리를 끌어갔죠.

내 글은 어찌나 가볍게 읽히는지 웅장한 양장본이 아니라 저렴한 페이퍼백으로 만들어야 할 것 같지.

흑인 쿼터라 힘든 입장이었지만 글빨 하나로 전설이 됐다고!

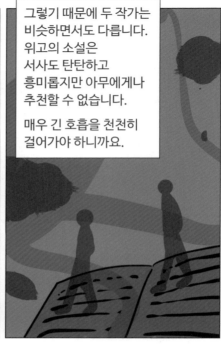

그렇기 때문에 두 작가는 비슷하면서도 다릅니다. 위고의 소설은 서사도 탄탄하고 흥미롭지만 아무에게나 추천할 수 없습니다.

매우 긴 호흡을 천천히 걸어가야 하니까요.

반면 뒤마는...

정신나간 분량에도 불구하고 그것만 감안한다면 누구에게나 추천할 수 있습니다.

와, 미쳤다 미쳤어! 진짜 꿀잼!!

재미의 신은 존재하며 그는 프랑스인이다!

긴 분량 속에는 끊임없는 사건과 사고와 개성 넘치는 인물들이 넘치도록 들어있습니다.

호흡 또한 빨라서 길 한복판을 팍팍팍 달려가는 듯한 기분이 듭니다.

한마디로, 길긴 길되 TV 연속극처럼 깁니다. 정신없이 읽게 되는 재미가 있어요.

고전이 된 작가 중에 대중성으로 치자면 코난 도일과 함께 투탑으로 꼽고 싶을 정도랍니다.

나는 대중적인 탐정물 작가가 되고 싶지 않았어...

그런고로, 오늘 리뷰할 작품은 뒤마의 《삼총사》입니다!

17세기 배경 연속극 속으로 풍덩 빠져봅시다.

오늘날엔 삼총사라는 말 자체가 친구 세 명 모일 때 쓰일 정도로 대중화되었죠.

하지만 원래는 세 명의 총사대원이라는 뜻입니다. 이는 작중에 등장하는 아토스, 포르토스, 아라미스를 가리킵니다.

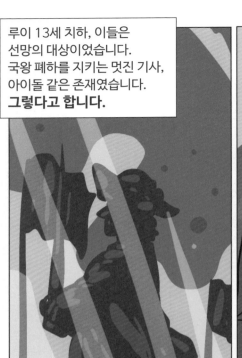

루이 13세 치하, 이들은
선망의 대상이었습니다.
국왕 폐하를 지키는 멋진 기사,
아이돌 같은 존재였습니다.
그렇다고 합니다.

진짜 주인공은
이제 막 소년 티를 벗은
다르타냥입니다.

그는 총사가 되려는 꿈을 안고
파리에 입성했습니다.

당시 유행으로
콧수염을 길렀지만
갓 성인이 된
청년입니다요!

멘탈은 아직 급식
남고딩이나 다름없죠.

그래, 잘났다.

다르타냥은
가스코뉴 출신
가난뱅이 귀족이며
삼총사를
동경합니다.

비록 지금은 가진 게 없지만
젊고 신중하며 용기 있는 청년입니다.
그렇다고 합니다.

전체적인 내용은 이 넷이 함께
엎치락뒤치락 난리를 치는 겁니다.

우
당
탕

엥? 잠깐
그럼!

돈 문제가 왜 나오냐고요?

이 깡패ㄷ...
아니 총사님들이
죄다 답 없는 양아치
밥버러지거든요!

예, 재밌습니다.
너무 재밌고, 너무 심란하고,
답없이 방탕하고...

엄마. 저 사람
이상해. 갑자기 웃다가
한숨 쉬고 또 웃다가
한숨 쉬어.

책을 너무 봐서
미친 거란다.

당최 웹소설인지 고전인지
구분이 안 갈 정도로
정신없는 이야기입니다.

이딴 걸 굳이
웅장하고 무거운
양장본으로 만들었어!

한 200년 후에는
노X피아 인기작이
이렇게 되는 걸까?

이번엔 인물별로
요약하겠습니다!
먼저 주인공부터!

봉주르!

인물 1. 다르타냥

이 기나긴 이야기는
다르타냥으로 시작하고
다르타냥으로 끝납니다.

책을 펼치면
그는 아버지로부터 받은
볼품없는 말을 타고
칼을 절그럭거리며 옵니다.

아직 소년 티가
흐르는 다르타냥은
트레빌이라는 이름의
동향 출신 귀족을 만나
파리에 자리잡을
예정이었습니다.

언젠가는
꿈꾸던 총사가 될 작정이었죠.

참고로 다르타냥의 아버지는
당부를 했습니다.

아들아, 그 말은
겉보기엔 볼품없지만
사실 좋은 말이란다.
말만큼은 팔지 말고
죽을 때까지 아껴주거라.

ㅇㅇ

이런 당부도 했습니다.

너는 귀족이니
자존심을 지켜야 한다.
누군가 너를 모욕하면
폐하와 트레빌 공을 제외하고는
참지 말아라.

그럼요! 상대가 누구든 간에 참지 않고 결투 신청을 하고 하루하루 생명이 위험한 나날을 살아갈게요.

17세기 파리지앵의 일생이 다 그렇죠, 뭐! 하하

이 아들놈은 왜 이것만 엄청나게 열정적으로 대답하는 거지?

와! 아무튼! 앞날 창창하고 풋풋한 청년이 명마와 함께 승승장구하는 거구나!

지금은 투덜거리지만 다르타냥도 결국 이 말의 소중함을 깨닫고! 귀족에게도 인정받고! 삼총사와 우정을 다지며 출세가도를 달릴 거야!

라고 누구나 처음에는 생각합니다.

그러다 이 주인공께서 지레짐작으로 자기를 비웃은 것 같다고 생각되는 어떤 귀족에게 다짜고짜 싸움을 걸 때

와! 너 지금 나 비웃은 거 맞지?! 칼 뽑아! 같이 죽자!!

아니, 네가 아니라 네 말이 웃겨서...

알 게 뭐야!!
지금부터 내 일생의 목표는
널 박살내는 거다!!

이딴 걸로?!

그 바람에 중요한
추천장만 뺏겼을 때

어라?

명마였는지 모를 말을 100페이지도 지나지 않아서
붙 푼 받고 팔아버릴 때

용돈 개꿀!

저저저 호로잡놈
이럴 줄 알았다

어쩌다 시비 걸린
총사대 대원 세 명한테
그때그때 있는 대로
다 화낼 때

이게 미쳤나?

너 12시에 보자.

아토스

1시에 보자!

포르토스

2시에 보자!

아라미스

결국 한 시간 단위로 결투 신청이 걸려서 첫날부터 죽을 위기에 처할 때

슬슬 생각하실 겁니다.

뭐하는 놈일까...

얘한테 뭘 기대해야 하다니 나는 너무 불행한 독자야.

우리의 다르타냥은
이어지는 1000페이지 내내
틈만 나면 좀 전의 이름모를 귀족을
죽이려고 합니다.

애초에 그에게 원한을 품은 이유는
그냥 자길 한번 비웃은 것
같아서인데요.
그걸 계기로 일생의 원수로 삼고
죽이려 듭니다.

우왓!
그 놈이에요!
전 그 놈을 꼭
죽여야 해요!

느낌이 와요!
분명 그 자식이
최종 보스겠죠?

밥이나 먹자...

이 귀족만 보이면
총사대장과의 대화도
데이트도 다 때려치우고
죽이려 달려듭니다.
하지만 번번이 놓치죠.

시대를 감안해도 골을 후려치는 갈등입니다.
동시대 사람인 트레빌도 인정합니다.

미친놈

트레빌
다르타냥과 같은 고향 출신의
총사대장.
또라이 부하들 때문에
고생길 열린 불쌍한 분.

물론 헛짓거리만 하는 건 아닙니다.
다르타냥은 총사대원들과 힘을 합쳐
루이 13세와 왕비를 보필하고
추기경의 친위대원들과 대립합니다.

그 과정서 왕실의 치정 싸움은
영국-프랑스 간 정치적
다툼으로 번지고...

왕비님과 나 사이의
불륜을 숨겨주고
지켜줘서 고맙네.

사례는 어떻게 할까?

영국 놈의 돈은
받을 수 없습니다!

밥도 맛없으니
얼른 파리로 돌아
갈게요!

당시엔 추기경이 왕과 거의 동등한
권력을 가지고 있었기에
끝없는 기싸움을 하게 되죠.

다르타냥은 나라를 위해

삘

력

그리고...

집세도 안 내고 눌러앉은
집 주인의 아내이자
매우 사랑하는 여인을 위해
이 한 몸 바치기로 결심합니다.

뭐 그것도 크게 보면
왕비님과 나라를
위한 일이긴 합니다.

아이 참,
이런 예쁜 부인이
복잡한 일에
엮이다니...

아빠뻘인
남편과 살다가
파릇파릇한
귀족 남자애가
들이대는데
안 넘어갈 수가
있나!

예. 잘못 읽으신 거 아닙니다.
쓰면서 자꾸 욕이 나오네요, 하하.

집주인은
야비한 놈이고
추기경과 협력해
자기 아내를
팔아 넘긴 놈이에요!

그러니까
그 의심이
풀릴 때까지
집세를 내지
않겠어요!

그럼 너 오늘부터
길에서 자,
밥버러지야!

인물 2. 아토스

예? 다르타냥 소개를
저렇게 끝내고
넘어가도 되냐고요?

왠지 쟨 그래도 될 것 같습니다.
다음은 아토스입니다.

그는 과묵하고 신중한 미남입니다.
포르토스, 아라미스와 더불어
총사대의 인기 스타죠.

다만 그 둘보다 좀 더 성숙하고
진지한 느낌입니다.

그리고 은근히 비밀이 많습니다.
연애도 안 하고 과거에 대한
언급도 안 합니다.

실제로 나이도
꽤 많지.

그래봤자 겨우
서른 좀 넘는데?

이 시대엔 그게
많은 거다.

아토스의 과거는
개연성을 은근 말아먹은
이 작품에서 가장 큰
떡밥이자 복선이 됩니다.

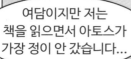

여담이지만 저는
책을 읽으면서 아토스가
가장 정이 안 갔습니다...

자기 하인을
대하는 것도 그렇고
나중에 밝혀지는 과거도
그렇고 좀 이상해요.
사이코 같아요.

다르타냥과는 궁정 내에서
시비가 붙을 때 만납니다.

어이쿠, 실례!

뛰어가던 다르타냥이
아토스의 다친 팔에
부딪쳤는데

이 시절 이 동네가 다 그렇듯
이따위 사소한 갈등이 갑자기
목숨을 건 결투로 번집니다.

죄송하다면 다냐?
시골 출신 촌뜨기가...

와, 지역 비하는
선 넘지!
결투하죠!

오냐. 12시에
죽여주마.

전날 추기경의 친위대와 칼싸움을 해서
팔 하나가 아작난 아토스였지만
다르타냥과의 결투를 약속하고

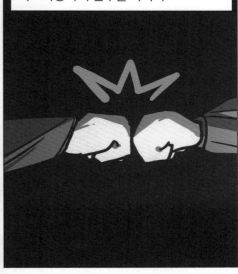

그 후 친위대와 시비가
또 털리는 바람에 둘은 급 화해하고는
또 칼싸움하고 또 한바탕 죽입니다.

추기경 따까리들이
우리 욕했다!
화해하고 같이
저놈들 죽이자!

와아, 좋아요!

그리고 다음날 왕을 만나러 가는 길에
친위대와 시비가 또 다시 털려서
또 칼싸움하고 또 한바탕 죽이죠.

또 죽이자!

와아, 좋아요!

삼총사에 등장하는 추기경은 중간 빌런 같은 역할인데요. 보다 보면 추기경은 이들에 비하면 신사 그 자체, 이성의 화신입니다.

어쨌든, 그걸 계기로 아토스는 다르타냥을 친구 겸 아들처럼 생각하게 되죠.

이것들은

만나면 반갑다고 챙챙챙이냐.

이후 둘은 온갖 혼돈이 난무하는 암투극, 전쟁, 총사대 생활을 함께합니다.

돈 떨어졌는데 혹시 뭐 좀 없나요?

나도 없어ㅎㅎ

대부호 귀족같이 생겨선 그지 깽깽이네요ㅎㅎ

결국 아토스와 다르타냥은 정말로 절친한 사이가 됩니다.

둘은 1000페이지 내내 서로를
칭찬하고 찬양하며 온갖 주접을 떱니다.

하하! 다르타냥, 자네는
우리 네 명 중에 제일 똑똑해!
그리고 보기 드물게
신중한 젊은이야!

팩트) 그 신중한 젊은이는
분노조절장애가 있고
숨쉬듯이 위험을 자초한다

오, 아토스!
당신이야말로 최고의 총사에
미남이며 신사이고 아무튼 최고로
멋진 남자예요!

팩트) 그 멋진 남자는 1권 중간쯤
월급 가불한 것도 다 써서 밥을 몇 십 번
얻어먹고 다녔고 여관 창고에 진치고 앉아
술을 다 퍼 마셔버린 전적이 있다.

이거 풍자극이죠?
저 꼬라지 보면
그래야 해요.

내용이 하도 노골적이라
제 생각에도 이게 풍자 요소가
없진 않은데...

작품 내용이 이리도 정신없고
주인공들이 양아치 밥버러지인 이유는,

《삼총사》가 근본적으로
총사대의 **낭만극**이고
신화이기 때문입니다.

작품 내내 네 명의 주인공들은
현실이 아니라 유쾌한 연극 속처럼
살아갑니다.
17세기 배경으로 하나의 기사극,
복수극, 로맨스극을 재현합니다.

이들 주인공은
어디에도 발붙이지 않고
재산도 모으지 않습니다.
하루하루 그날의 낭만,
그날의 사랑을 위해 살아가며
그 선택에 후회하지도 않습니다.

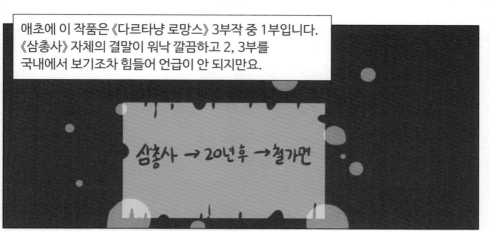

애초에 이 작품은《다르타냥 로망스》3부작 중 1부입니다.
《삼총사》자체의 결말이 워낙 깔끔하고 2, 3부를
국내에서 보기조차 힘들어 언급이 안 되지만요.

삼총사 → 20년후 → 철가면

로망스라는 단어에서
짐작이 되실 겁니다.
이것은 프랑스의 정치극,
다르타냥의 입신양명
신화이기 이전에...

총사들의 덧없는
낭만극입니다.

물론 내
출세담인 것도
맞아!

이걸 기억하며...

다음 인물 소개로
가봅시다!

인물 3. 포르토스

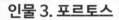

포르토스는
아토스, 아라미스와 함께
총사대 인기 스타입니다.

그는 총사대에서
가장 힘이 셉니다.
힘도 세고 식욕도 세고
허세, 허영도 셉니다.

다르타냥과 처음 만났을 때 그가 포르토스의 망토에 걸려 허우적대다 포르토스의 허세용 어깨띠가 반쯤 싸구려라는 걸 알게 되었죠.

와악! 봤지! 눈깔을 어디다 두고 다니냐?!

총사면 다요? 내 눈이 얼마나 좋은데!

죽일 테다!

지금은 말고 1시에 봅시다!

나중에는 같이 추기경 친위대를 죽이면서 절친이 됩니다.

하핫 우리 우정 영원하자!

다 죽었으면

어쨌든 총사대 월급으로는
그의 허영과 식비를
충당하기에 역부족입니다.

그래서 포르토스는
미인 유부녀 애인에게
빌붙고 있습니다.

여관방에 눌러앉아
식량 훔쳐먹을 때도 그 부인에게
도움을 받으려 했죠.

다르타냥 씨죠?
포르토스 씨 좀
어떻게 해봐요!

숙박료 낼 수는
있냐고 하니까
화내면서 패악질만
부려요!

아하! 어쩔 수 없네요!

포르토스는 자기한테
돈이 없을 때 돈 내라고 하는 걸
정말 싫어하거든요.

그럼 왜
스위트 룸에서 묵고
왜 처먹은 거죠?

1위는 앞으로 뭔가 더
굉장한 게 나올지 모르니
비워 둔 겁니다.
세상엔 수많은 가능성이
있으니까요. 젠장.

고전문학에서 본 가장 황당한 문장
Top 5 같은 것을 뽑으면
이게 2위 정도는 될 것 같습니다.

그의 애인도 친구들한테는 공작 부인이라며 허세를 부리지만
사실은 그냥 평민 부인입니다.

이 부인에게 포르토스가 얼마나 빌붙는지는
전쟁물자 비용을 뜯을 때 드러나죠.

그런 싸구려 장비를
사주다니
날 사랑하지 않는군!

그쪽 아니어도
나좋다는 부인들이
줄 서 있거든?

미안해요!
제대로 사줄 테니
화 풀어요.

아, 여러분.
제가 지금 말하고 있는
온갖 패악질은 당시에는
어느 정도 당연한 걸로
받아들여졌어요.

총사가 여자에게
돈을 받아먹는 것 또한
수치가 아니었습니다.

물론 시대상 감안해도
개차반이긴 하지만요.

그래도 완전
현대인 관점으로만
해석하면 안 됩니다.
아시죠?

그러니까 저는
포르토스더러
여자 만나 스폰이나
받는 기둥서방이라고
하지 않을 거예요!

다행인 건 그 애인의 남편이 오늘내일 하는 할아버지라는 겁니다.

결국 결말부에는 남편이 죽습니다. 덕분에 포르토스는 애인과 결혼하여 그녀의 재산도 독차지하고 행복해지죠.

...

설명 더 안 해줘요?

뭔가 엄청나게 지쳤어. 어이없음이 치사량을 넘어섰어...

인물 4. 아라미스

마지막 소개! 삼총사 중 가장 가늘고 여리여리한 아라미스입니다.

다르타냥과 나이 차이도 크지 않고 여자처럼 갸름한 얼굴에 가느다란 손가락을 지녔습니다.

글씨도 예쁘게 쓰고
편지지도 예쁘게 접고
집에선 주로 책을 본다는군요.

그래도 시대가 시대라서
수염은 길렀습니다ㅎ

다르타냥과는, 그가 눈치 없이
아라미스의 손수건을
주워 주며 만났습니다.

스킨케어는 중요하다네,
다르타냥.

향유로 몸 관리하는 것도
귀족의 덕목이지.

그렇군요!

혁명까지 200년도
안 남았어요,
아라미스.

뭐?

이거 당신 거죠?

아라미스! 자네가
내 친구 마누라의 손수건을
갖고 있었군?

얼ㅋㅋㅋ사이가
얼마나 좋은걸ㅋㅋ

자네 진짜 눈치 없군.

촌구석에서 왔다 해도 모른 척도 할 줄 알아야지.

하, 그래! 나 촌구석에서 와서 눈치도 없고 참을성은 더 없다!! 너 죽고 나 죽자!

참교육은 2시에 하지.

이 둘 역시 함께 추기경 친위대를 죽이며 절친이 됩니다.

내가 수도원으로 갈 때까지 우리 우정 변치 말자.

신부 되실 분치고 되게 잘 죽이시더라고요.

내 부하들 주님 곁으로 보내지 마

사실 아라미스는 본인 왈 임시로 총사단에 있는 것뿐이랍니다. 원래 신부가 되려 했고 사정이 있어 미뤄진 것뿐이라네요.

아, 그래서 가끔 라틴어 구절을 말하시는구나.

불어로 해줘요. 라틴어 극혐인데, 아...

351

어쨌든 언젠가 성직자가 될 몸인지라 성격 자체는 차분하고 금욕적이며 학구적입니다.

그녀가 날 떠난 게 아니래, 다르타냥!

차분하고

하인이 말을 안 들어? 그럼 자르든가 초장에 기를 팍 죽여 둬야지.

금욕적이며

돈 생겼다고? 그럼 애인부터 구해봐.

시금치? 그딴 걸 어떻게 먹어? 닭고기랑 염소 다리 구워 와!

손은 버터랑 향유로 곱게 관리하고 있어요. 피부 관리가 얼마나 중요한데요.

학구적인...

히히, 논문 꺼져!

혹시 이제 와서 정상인을 바란 거 아니시죠?

주님, 오늘도 정의로운 총사로서 피를 묻히는 것을 허용해주세요.

반쯤 농담입니다. 아라미스는 상대적으로 정상 맞아요.

고르게 분배했을 경우 아라미스에게 갔어야 할 또라이력의 반 정도를 아토스와 포르토스가 나눠 가져간 느낌입니다.

포르토스는 대놓고 또라이라 차라리 나은데
줄곧 좋게 평가되는 아토스는
알고 보니 또라이여서 책을 읽고 나면
아토스의 뻘짓들만 자꾸 기억나요.

잘 잤나, 다르타냥?
내가 어젯밤에 도박으로
자네 말을 걸었다가
날렸다네.

뭐요?!

그리고 도로 찾았지.

휴, 다행...

그리고
내 하인까지 걸고서
다시 날렸어.

좋겠어요!!
그 짓거리 해도
잘생겼다는 이유로
대충 용서되니까!

아라미스 또한
낭비벽이 심해서
1권에선 다같이 밥을
얻어먹으러 다닙니다.

354

게다가 신부 지망생 주제에 애인도 있죠.

아라미스,
그 돈다발은
어디서 났지?

어... 시를 썼더니
출판사에서 원고료를
준 거야.

어느 출판사임?
고료 한번
후하네ㅋㅋㅋㅋ

참고로, 결말부에선
정말로 신부가 됩니다!
저는 절대로 못 될 줄
알았는데
되긴 되더라고요.

그 정도로 성공했으면
총사 관두고
전업 시인 해라ㅋㅋㅋ

손수건의 교훈으로
이 일은 모른 체할게요,
아라미스...

신부 돼서도 버터로
피부관리를 할까요?
아니, 그 아까운 버터를...
아...

살짝살짝 나왔듯,
이 주인공들 외에도
다양한 주연이 있습니다.

우선, 다르타냥이 사실상
아버지처럼 의지하는
트레빌 총사대장.

아직은 젊은 루이 13세
그리고 왕과는 냉랭한 사이인
안 왕비, 안 왕비와 바람 피우는
영국의 버킹엄 공작.

월급 가불해달라고?
알았네.

2주 휴가 쓴다고?
알았네.

참 관대한 상사분

다르타냥이 묵는 집 주인인 보나시외
그리고 사실상 유일한 히로인인
그 아내 코스탕스.

현재 프랑스는 왕비와 추기경이
대립하고 있습니다.
보나시외는 추기경 편이고
콩스탕스는 왕비의 시녀이기에
이들 부부는 점차 갈라서게 되죠.

추기경님이
얼마나 관대한데!
돈도 많이 주셨다고.

배신자!

아이고! 추기경에게
뇌물을 받다니!

그런 더러운 돈은
내가 가져가서 좋은
곳에 써야겠네!

356

여기에 더해, 처음엔 조연처럼 등장했지만 중후반부에 거의 주연급으로 격상하는 윈터 경, 그리고 그 부하인 펠턴.

여담이지만 저는 펠턴이 멋있었습니다. 겉은 냉정하지만 속은 광신자 청교도인데 그 갭이 강렬해서 좋았죠.

이게 중세의 종교 문학이었으면 내가 주인공이었다.

사실 그때쯤엔 주인공 버러지들 넷을 보느라 누구라도 진지한 사람이 나오면 다 좋아할 타이밍이긴 했지만요.

덧붙여 윈터 경 동생의 아내이자 다르타냥이 잠시 동안 거의 미쳐서 사랑하던 여자, 밀레디가 있습니다.

이렇게 아름다울 수가!

나는 콩스탕스는 가슴으로 사랑하고 밀레디는 머리로 사랑해!

그럼 한쪽 팔, 한쪽 다리 따로따로 사랑해서 오체대만족 하면 되겠다, 그치?

그리고 다르타냥을 짝사랑하면서도
그가 밀레디와 한번 자려고
별 짓 다하는 걸 도와주던 하녀,
키티도 있습니다.

이건 계획의
일부일 뿐이야!
절대 바람 피우는 게
아냐!

여러분, 이쯤 되면 좀
감이 잡히시죠?

다르타냥은 진짜
쓰레기 같습니다.

어떤 사람이 《삼총사》를 완역으로
읽었는지 알고 싶나요?
다르타냥에 대한 평가를 들으면 됩니다!

다르타냥?
정의롭지.

순진해.

건실해.

이 사람들은 안 읽은 거예요!

아! 주인공 욕하느라
가장 중요한 분을
빼먹을 뻔했군요.

초장부터 삼총사 때문에
갖은 고초를 겪고
왕비의 불륜을 밝히려는
정당한 시도도
허사로 돌아가고

왕과 왕비 모두 나사가 빠진 데다 영국과 전쟁까지
터져서 나라 걱정으로 밤을 지새던 트루 충신.

죄다 눈만 마주치면
포켓몬마냥 싸움질이야.

나밖에 없어.
불륜으로 전쟁나는
이 막장을 타개할 사람이
나뿐이라고, 빌어먹을.

그럼에도 그 난리를 친
삼총사와 다르타냥을
죽이긴커녕 어떻게든
자기 사람으로 만들려
노력하던 최고의 대인배.

**그 이름은 리슐리외.
바로 추기경입니다.**

현실에서도
명 재상이었습니다!
소르본느 성당 안에
묘지가 있습니다!

웃기는 건 작품 주인공은 삼총사와 다르타냥이라서 작품 내내 리슐리외가 악의 축인 것처럼 나옵니다.

와! 추기경 나쁜 놈!

그러나 나중에 잘 따져보면 딱히 잘못한 게 없다는 걸 알게 되죠.

근데 뭘 잘못했지...?

불륜 밝히려고 한 거? 왕비와의 불륜관계 이용해서 적국 귀족인 버킹엄을 압박한 거?

어쨌든 초중반부 내내 추기경의 음모(?)를 방해해 나라를 지키려는(??) 삼총사이므로 작품의 최종보스 역할은 추기경이 맡을 거라 예상하시는 분들이 많습니다.

주인공이 제일 나쁜 놈 같지만 뭐 추기경을 무찌르며 끝나겠지...

주입식 악당이냐고.

하지만 아닙니다. 진짜 최종보스는 2권에 제대로 등장해주시고 심지어 여자입니다. 바로 밀레디입니다.

엥?!

최종 빌런이 여자인 고전, 특이하죠?

심지어 몹시 잘 만든 악역입니다.
사람들의 심리를 꿰뚫어 가지고 노는데다
천부적인 연기로 이중 스파이 역할을 합니다.

내가 믿는 건 돈과
나 자신뿐이야.

날 속이거나 방해하는
사람은 세상 끝까지
가서라도 복수할 거야...

그렇다고 냉정한
책략가는 아니고요.
옛 전설이나 서사시에
나올 것 같은 빌런입니다.

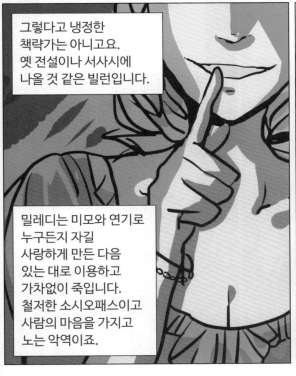

밀레디는 미모와 연기로
누구든지 자길
사랑하게 만든 다음
있는 대로 이용하고
가차없이 죽입니다.
철저한 소시오패스이고
사람의 마음을 가지고
노는 악역이죠.

이 묘사를 2권에서
굉장히 길고 철저하고
끈적끈적하게 합니다.

이 여자가 얼마나
대단하고 무서운지
엄청 끈덕지게 묘사해
주시는데...

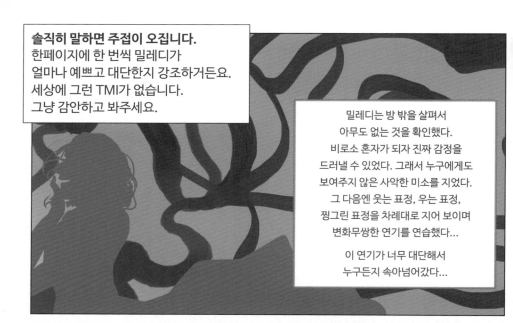

솔직히 말하면 주접이 오집니다.
한페이지에 한 번씩 밀레디가
얼마나 예쁘고 대단한지 강조하거든요.
세상에 그런 TMI가 없습니다.
그냥 감안하고 봐주세요.

밀레디는 방 밖을 살펴서
아무도 없는 것을 확인했다.
비로소 혼자가 되자 진짜 감정을
드러낼 수 있었다. 그래서 누구에게도
보여주지 않은 사악한 미소를 지었다.
그 다음엔 웃는 표정, 우는 표정,
찡그린 표정을 차례로 지어 보이며
변화무쌍한 연기를 연습했다...

이 연기가 너무 대단해서
누구든지 속아넘어갔다...

아무튼! 밀레디는 덧없는 낭만극에
어울리는 빌런입니다. 막장으로
마구 휘몰아치고 감정적인 부분을 흔들죠.

딴 사람인 척하고
같이 잔 것뿐인데!
그걸로 날 이렇게나
죽이려 들다니!

아니,
왜 그랬냐, 너?

후반부에 삼총사의 고난은
밀레디로 인해 터지고
그들의 목표는 이 신출귀몰한
여자를 잡는 것이 됩니다.

아토스야말로
그 여자 죽일 기회가
두 번이나 있었는데 왜
못 죽였어요?

아, 그럼 분량
줄어든다고, 이거
연재소설이라고.

그럼, 왜 리슐리외 추기경은
삼총사의 최종보스가 되지 못했을까요?

나 지금
라 로셸 함락하느라
바쁘다.

↗ 실제로 했던 일

리슐리외는
이 막장 모험극의 빌런이 되기에는
너무 냉철하고 합리적입니다.

만약 리슐리외가
최종빌런으로 등극했다면
덧없는 낭만극이 아니라
〈왕좌의 게임〉 뺨치는
정치극이 됐을 겁니다.

그리고
뒤마가 이분을 이상하게
왜곡은 했지만
완전 악당으로 만든 건
아니에요.

최종보스가 되기에는
작품 속 모습마저
너무 그릇이 큽니다.
대인의 모습이에요 진짜.

전 설마 결말부를 추기경이
장식할 줄도 몰랐고
그렇게 멋있게 나올 줄은
더더욱 몰랐습니다.
그 부분은 직접
보시기를 바랍니다.

주인공은 다르타냥인데
입덕은 리슐리외에게
하게 되는 기현상

결국
《삼총사》 원작의
컨셉에는요.

설화적이고 감정적이며
주인공들이 극적으로
무찌를 수 있는 밀레디가
더욱 적절한 악역이었다,
이 말입니다.

마지막으로 주의점
좀 말씀드리겠습니다.
캐릭터 소개문이
너무 혼돈으로 발랄해서
눈치를 못 채셨겠지만
이 책은 그렇게 밝은
이야기는 아닙니다.

이게 다
신의 뜻입니다...!

내 진짜 이름을
아는 이상 죽어
줘야겠다.

물론 다르타냥이 결국 출세하고
주인공들이 잘 풀리기는 합니다.
하지만 중간중간 희생이 굉장히 큽니다.
쏠쏠하고 슬픈 전개도 많습니다.

하느님과 사람들 앞에서
나는 고발합니다...

또 하나의 주의점은 돈에 얽힌 갈등이 너무 많다는 겁니다. 물론 낭만극이어서 나온 특징인데요...

주인공들은 허구한날 돈이 떨어져서 밥 얻어먹으러 다니고 하인들은 굶기고

가보든 하사품이든 다 팔아버려, 다!

공작이 하사한 말과 왕비가 준 다이아 반지마저 일말의 아쉬움 없이 팔아버립니다.

읽으면서 이루 말할 수 없이 심란하고 한심해 한숨이 푹푹 나옵니다.

그래서 1권 마지막쯤 결국 영-프 전쟁이 터지는 걸 보고서 환호성을 질렀습니다.

그래! 이런 비장하고 거시적인 갈등을 원했어! 이제 돈 타령 그만하고 신나게 싸우는 것만 보겠지?

그런데 다음 장을 넘기니 주인공들은

전쟁 물자
구비하는 데
얼마 드냐?

내가
스파르타식으로
계산해도 엄청
들던데?

와, 우리 그걸 다
어떻게 뜯어...
아니, 마련하지?

이러고 있었습니다.
진짜 속으로 비명 질렀습니다.

마지막으로
방금 말한 것과도
관계 있는
주의점입니다.

이 작품은,
전개가 굉장히...
나사 빠져 있습니다.

단점이라기보다
그냥 주의점입니다.
알고 가시라고요.

초반부에 다르타냥이
시비 걸던 귀족은 사악하고
수상하게 묘사됩니다.
이러니 당연히 얘가
최종 보스여야 할 것 같죠.

아얏, 또 나타났다.
저놈, 꼭 죽일 테야.

하지만 아닙니다.
등장인물 소개에서는 넘어갔지만
그 귀족은 로슈포르라는
추기경 측 사람으로
딱히 악인은 아닙니다.

그리고 아주 가끔 등장해주시다
결말에선 다르타냥과 동료가 되며
잘 끝납니다.

이번에야말로
죽일...

이봐, 우리 이제
그만 싸우지.
난 자네에게 호의를
갖고 있으니까.

자네 하인도
근위대에
추천해주지.

뭐?

분노조절장애인 다르타냥이
끝까지 잡아먹으려 드는 걸
그저 좋게 봐주는 대인배입니다.

이런 전개가 너무 황당해서 그런지
타 매체에선 로슈포르가 진짜배기
최종 보스로 나오기도 합니다.
혹은 추기경이 최종 보스로 등장하기도 하죠.

원작에선 둘 다 상식인에 대인배입니다만.

그리고 1권을 보면 버킹엄과 왕비의 관계가
불륜 주제에 굉장히 애틋하고 깊게 묘사되니
둘 사이에 뭔가가 더 있을 것 같습니다.

당신의 미소 한 번이면
전쟁도 불사하겠습니다!

하지만 이 둘은
딱 한 번 만나고
그 뒤로 두 번 다시
만나지 않습니다.

솔직히 저는 이들이
갈등의 시초였다는 걸
잊어버렸습니다.
버킹엄이 죽을 때가 돼서야
퍼뜩 떠올렸습니다.

눈이 흐려진다...
이러면
왕비님의 편지를
읽을 수 없어...

아, 맞다.
불륜이었지?

급흥미

여기서 조금 눈치채셨을지도
모르겠습니다.
《삼총사》는 모든 등장인물들이
툭툭 튀어나왔다 들어가버리고,
또 툭툭 새 인물이 튀어나옵니다.

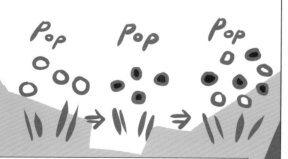

POP   POP   POP

그리고 마지막 즈음에 잊힌 인물들 다시 툭툭 나와서 좋게좋게 마무리합니다.

때문에

아니, 개연성이 없는 건 아니고 복선 회수를 안 한 것도 아닌데 뭔가 병맛...

아닌가? 내가 너무 생각이 많은 건가?

이런 감상이 듭니다.

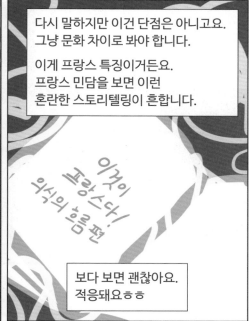

다시 말하지만 이건 단점은 아니고요. 그냥 문화 차이로 봐야 합니다.

이게 프랑스 특징이거든요. 프랑스 민담을 보면 이런 혼란한 스토리텔링이 흔합니다.

이것이 프랑스다! 의식의 흐름 편

보다 보면 괜찮아요. 적응돼요ㅎㅎ

여담이지만 《삼총사》는 대사도 좀 이상합니다. 뒤마의 기묘한 유머감각인지 진지하게 쓴 건지는 모르겠습니다.

그럼 그 길을 지날 수 없겠군.

왜요?

가는 도중에 살해당할 테니.

임무를 위해서라면 죽음은 두렵지 않습니다!

하지만 죽어버리면 임무를 완수할 수 없어.

그렇군요!

하하, 이렇게 말하면 또 《삼총사》가
그저 병맛 소설인 것으로 오해받겠네요!
그렇지 않습니다, 여러분.
마지막에 밀레디를 잡을 땐 굉장히
비장하고 멋지고 슬픕니다.

이런 변명을 주기적으로 해야
한다는 것 자체가 정상은 아닌 것 같지만요.

이제 진짜 마지막!
주의점은 아니고
그냥 여담입니다.
이 책은 17세기
유럽의 사회와 문화를
배우기에 매우매우
좋습니다.

포르토스의 하인
무스크통

아라미스의 하인
바쟁

다르타냥의 하인
플랑셰

아토스의 하인
그리모

작중에선 주인공들이 저마다
자기랑 어울리는 하인을 데리고 다닙니다.
하인들을 주인공의 부속 캐릭터로서
짬짬이 소개하는데요. 현대인이 보기에는
굉장히 신기하고 낯선 묘사입니다.

포켓몬 세계마냥
눈 마주치면 결투하는 문화,
부인들과 총사대원들이 뒤로
애인 관계가 되는 문화 등등
막장스러운 것들도 많죠.

남자들이 여자 하나 어떻게 하려고
온갖 미사여구를 총동원해
헛바닥 터는 것도 재밌는 요소입니다.

뭔가 비꼬고 있는 걸.

그렇게 꼬시려는 여자가
죄다 유부녀니까!

정글 같은 궁정사회 속에서 음모와
뒷거래가 판치는 것도 보실 수 있죠.
《삼총사》는 어쨌든 반쯤은
정치극입니다.

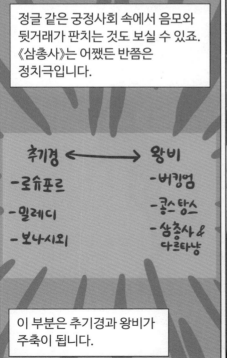

이 부분은 추기경과 왕비가
주축이 됩니다.

아 참, 근위대원, 총사대원들이 장난으로
칼 가지고 싸워대다 서로 베어서 피 철철
흘리는 것도 빼놓을 수 없죠.

예, 장난 맞습니다. 본인들이 그렇다잖아요.

하핫
이 장난꾸러기!

하하, 너도
마찬가지야!

...

맞아요!
이게 다 그 당시가
후지고 야만의 시대라
그렇습니다!

막장 치안이라든지
귀족의 자리 보전이라든지,
나름 합리적인 이유야 있지만
어쨌든 병맛돋는 시기인 건
맞습니다!!

뒷부분이
설명조긴 했지만
이번 리뷰 재밌었죠?
드립도 넘쳐났고.

그런데 여러분,
제가 리뷰하며 치는
드립들은 결국
책 속 대사나 상황을
토대로 합니다.

리뷰 보면서
재밌었다면
그건 《삼총사》 자체가
재밌는 책이기
때문이에요.

지금 프랑스에는
뒤마의 동상이 있고,
세 명의 대중이 그 아래에서
책 하나를 재미나게 읽고 있습니다.

그것은 바로 《삼총사》입니다.

저는 나중에 기회가 되면
반드시 프랑스에 가서
뒤마의 동상 앞에 《삼총사》를
두고 인증하고 싶습니다.

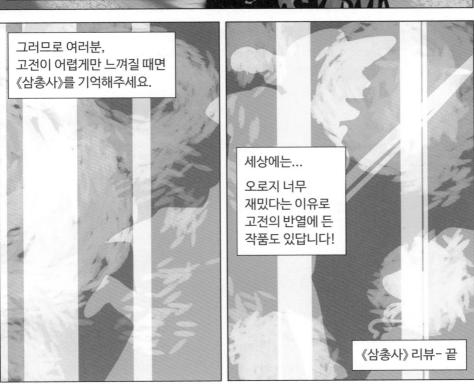

그러므로 여러분,
고전이 어렵게만 느껴질 때면
《삼총사》를 기억해주세요.

세상에는...

오로지 너무
재밌다는 이유로
고전의 반열에 든
작품도 있답니다!

《삼총사》리뷰- 끝

삼총사

The Three Musketeers

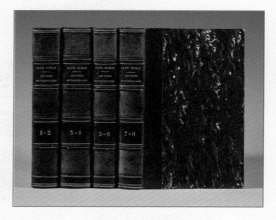

1844년 초판 커버

알렉상드르 뒤마(Alexandre Dumas), 약 700페이지
에밀-폴 프레르(Émile-Paul Frères), 프랑스 파리

젊은 시골 청년 다르타냥이 파리로 와서
아토스, 포르토스, 아라미스와 친구가 되어 모험을 펼친다.
그들은 함께 프랑스 국왕 루이 13세와 왕비 앤 오브 오스트리아를 위협하는
음모에 맞서 싸워 물리친다.

뒤마는 나폴레옹 군대의 장군이었던 아버지를 일찍 여의고 가난한 청년 시절을 보냈다. 그래서인지 그의 작품 속 주인공들도 역경을 이겨내는 모습이 자주 그려진다. 소설에 앞서 희곡으로 대성공을 거두었으며, 여행기, 요리법 등 다방면에 걸친 저술 활동을 펼쳐 온갖 작품을 발표하며 대(大) 뒤마라고도 불릴 정도로 유명 작가가 되었다.

뒤마는 사교적인 성격과 화려한 생활로도 유명했다. 그는 프랑스의 정

치가이자 작가인 빅토르 위고와 깊은 우정을 나눴다. 둘은 종종 함께 저녁을 먹으며 문학과 정치에 대해 열띤 토론을 벌였는데, 어느 날 위고가 뒤마의 호화로운 생활을 비판하자, 뒤마는 위고에게 "친구여, 내가 자네만큼 돈을 관리할 줄 알았다면 아마도 지금쯤 지루해 죽었을 거야. My dear fellow, if I were able to manage my fortune as well as you, I would die of boredom."라고 대답했다고 한다. 이 일화는 그의 낙천적이고 자유분방한 성격을 잘 보여준다.

키두니스트의 작업 코멘트

*

그거 아십니까? 이번 단행본의 첫 작업이 《삼총사》였다는 것을! 너무도 재밌는 리뷰라서 꼭 넣고 싶었기 때문에 첫 작업으로 골랐답니다. 정신없이 튀는 스토리, 낭만이 넘치는 주인공들, 기사 문학 같은 배경까지. 그만큼 다시 그리는 것도 힘들었답니다. 분위기에 맞추고자 테마 컬러도 노랑, 빨강, 주홍을 두루 섞었습니다. 가장 화려한 그림 속에서 가장 화려한 낭만을 찾길 바랍니다.

잡학툰

고전 리뷰툰, 냉정과 열정 (열정 편)
이제 읽을 때도 됐다, 인류 최고 지성들의 마스터피스

초판 1쇄 발행 2024년 07월 01일

지은이 키두니스트
펴낸이 최현우 **기획·편집** 최현우, 하정
디자인 박세진 **조판** SEMO
마케팅 오힘찬 **피플** 최순주
자문단 나은, 손고운, 수북강녕, 심혜경, 어떤바람, 유예린, 은하, 이나원

펴낸곳 골든래빗(주)
등록 2020년 7월 7일 제 2020-000183호
주소 서울 마포구 양화로 186 LC타워 5층 514호
전화 0505-398-0505 **팩스** 0505-537-0505
이메일 ask@goldenrabbit.co.kr
홈페이지 www.goldenrabbit.co.kr
SNS facebook.com/goldenrabbit2020

ISBN 979-11-91905-84-7   03800

* 파본은 구입한 서점에서 바꿔드립니다.

우리는 가치가 성장하는 시간을 만듭니다.

골든래빗은 함께 가치를 만들어갈 저자를 환영합니다.
할 수 있을까 망설이는 대신, 용기 내어 골든래빗의 문을 두드려보세요.
apply@goldenrabbit.co.kr